Annette Sander

Crêpes
Pfannkuchen
Omeletts

BLV Verlagsgesellschaft
München Wien Zürich

CIP-Kurztitelaufnahme der Deutschen Bibliothek

Sander, Annette:
Crêpes, Pfannkuchen, Omeletts / Annette Sander. - München; Wien; Zürich: BLV Verlagsgesellschaft, 1987.
(BLV Idee & Praxis: Essen und geniessen; 539)
ISBN 3-405-13432-3

NE: BLV Idee und Praxis / Essen und geniessen

Titelfoto: Pfannkuchen mit Spinatfüllung, Rezept Seite 50
Foto Seite 2: Pfannkuchen-Variationen
Foto Seite 7: Tutti-frutti-Omelett, Rezept Seite 69

BLV Idee & Praxis
Essen und genießen 539

Satz und Druck: Appl, Wemding
Bindung: Ludwig Auer, Donauwörth

Printed in Germany · ISBN 3-405-13432-3

Bildquellen

Allgäuer Alpenmilch AG, München, Seite 19
Amaretto di Soronno/SvL, Hamburg, Seite 7
American Soybean Association, Hamburg, Seite 35
Deutscher Brauer-Bund e.V., Bonn, Seiten 26, 79
Fissler GmbH, Idar-Oberstein, Seiten 58, 82
Gesellschaft für Europäische Komunikation mbH, Hamburg, Seite 86
Informationsdienst Spanische Oliven, Hamburg, Seite 51 und Titelfoto
Kalifornische Rosinen, München, Seite 10
Komplett-Büro, München, Seiten 29, 39, 42, 69, 71
Langnese-Iglo GmbH, Hamburg, Seite 75, 78
Maggi-Kochstudio, Frankfurt, Seite 46
Maizena GmbH, Heilbronn, Seite 67
MPress, Hamburg, Seite 18
Niederländisches Büro für Milcherzeugung, Aachen, Seite 2
Nivaa, Stadhoudersplant 12, Den Haag, Seite 55
Fotostudio Poggenpohl, Peiting, Seite 90
Rowenta-Werke-GmbH, Offenbach, Seiten 14, 15 (3)

Zeichnungen: Waltraud Berger

Verwendete Abkürzungen

TL	Teelöffel
EL	Eßlöffel
Msp	Messerspitze
g	Gramm
ml	Milliliter
cl	Zentiliter
l	Liter

1 l = 100 cl = 1000 ml

Vorwort

Rund und gut, überall beliebt. Ob sie nun Pfannkuchen, Eierkuchen, Priliken, Kratzete, Küchlein, Flädle, Palatschinken oder Plinsen genannt werden, immer verbinden sich mit dem Pfannkuchenessen angenehme, fröhliche Erinnerungen an Mahlzeiten im Familienkreis, in entspannter Atmosphäre ohne Zwang oder Umstände.
Dabei sind Pfannkuchen eine ganz einfache Sache. Man braucht dazu nur Mehl, Eier, Milch (oder Wasser) und eine Pfanne. Und doch lassen sich aus diesen wenigen Grundzutaten so viele verschiedene Gerichte zubereiten. Viele sind aus Großmutters Küche überliefert, andere die Erfindung berühmter Köche. Bei Pfannkuchen sind der Phantasie keine Grenzen gesetzt, jeder »Gernesser« kann die lange Liste der traditionellen Rezepte um seine eigenen ergänzen. Wer Spaß daran hat, wird bei jedem Pfannkuchenessen neue Genüsse entdecken. Kochkultur und -tradition eines Volkes lassen sich an seinen Eierkuchen ablesen, und auch für die Grande Cuisine sind sie eine Herausforderung. Nicht wenige der großen Restaurants haben sie auf ihrer Speisenkarte.
Einfach und schnell zubereitet, passen Pfannkuchen sich jeder Gelegenheit an. Für Eilige sind sie ein idealer Schnellimbiß. Kein Wunder, wenn der Pfannkuchen und seine schlanke, elegante Cousine, die Crêpe, Straßenbuden und Jahrmärkte erobern. Wir finden sie aber auch rustikal und deftig an kühlen Abenden, süß und lustig auf Kinderparties, raffiniert und exquisit für ein Feinschmeckerdiner, salzig als Vorspeise, süß mit Sahne und Obst als Nachtisch oder mit den verschiedensten Beilagen als vollständige Mahlzeit.
Schon sehr früh hat man nur aus Mehl und Wasser auf einfachen Stein- oder Metallplatten runde Fladen gebacken. Dann wurden sie mit Eiern zu schmackhafteren Pfannkuchen angereichert, besonders dünn zu Crêpes gebacken, bis schließlich gar kein Mehl mehr verwendet wurde und das Omelett erfunden war: So könnte man sich die Geschichte des Eierkuchens vorstellen, aber sicher ist sie nicht ganz so einfach verlaufen. Wie auch immer, Eierkuchen sind beliebt und gesund und garantieren jeder Hausfrau den Erfolg.
In diesem kleinen Buch finden Sie zahlreiche überlieferte und moderne Rezepte unbekannter wie auch großer Meister, für jeden Geschmack und jede Gelegenheit. Es könnten noch viele hinzugefügt oder erfunden werden, aber auch hier geht Probieren über Studieren. Viel Spaß bei der Arbeit und beim Essen!

Annette Sander

Zu den Rezepten

Die Rezepte sind, wenn nicht anders angegeben, für 4 Personen berechnet und als Vor- oder Nachspeise bzw. Beilage gedacht. Wer sie als Hauptgericht zubereiten möchte, nimmt die doppelte Rezeptmenge.
Orangen- und Zitronenschale werden stets von unbehandelten Früchten verwendet.
Der empfohlene echte Vanillezucker ist in Feinkostabteilungen, Reformhäusern und Bioläden zu bekommen.

Inhalt

Die wichtigsten Zutaten und Geräte

Eier

Wer Pfannkuchen essen will,
muß Eier schlagen.
(Altes Sprichwort)

Auf die Eier kommt es tatsächlich bei allen Arten von Pfannkuchen an, und ganz besonders natürlich beim Omelett, bei dem das Ei die einzige Zutat ist. Entscheidend für den Geschmack ist die *Frische.* Test: In kaltes Wasser gelegt, bleiben frische Eier am Boden liegen. Schlägt man ein frisches Ei auf, bleibt das Eiklar straff und der Dotter hoch gewölbt. Bei alten Eiern lassen sich Eiklar und Dotter schwer trennen. Beim Kauf auf das Frischedatum achten! Auf der Packschachtel müssen Abpackwoche oder Abpacktag vermerkt werden. Eier der *Güteklasse A* kommen auf dem kürzesten Weg zum Verkauf. Eier mit der Bezeichnung *Güteklasse A Extra* dürfen – vom Abpakkungstag an gerechnet – nicht älter als sieben Tage sein. Eier der Klassen B und C sind bestenfalls zum Backen, aber nicht für Omeletts und Eierkuchen geeignet.

Eier werden – in Schritten von jeweils 5 Gramm – nach *Gewichtsklassen* sortiert:

Klasse 1: ab 70 g
Klasse 2: 65–70 g
Klasse 3: 60–65 g
Klasse 4: 55–60 g.

Für die angegebenen Rezepte werden Eier der Klasse 3 verwendet. Da Frische jedoch immer vor Größe geht, wird man sich beim Kauf danach richten und beim Rezept dann die Eierzahl entsprechend anpassen.

Tip
Ein zusätzliches Eigelb im Teig vermindert die zum Backen benötigte Fettmenge.

Wissenswert
Das Ei ist eines der besten Lebensmittel und dazu noch preiswert. Es enthält auf kleinstem Raum alles, was der Körper braucht, und ermöglicht zusammen mit Mehl eine ausgewogene Ernährung. Das Ei enthält: 13% Eiweiß, 11,5% Fett, 0,7% Kohlenhydrate, Mineralstoffe und Vitamin A, B_1, B_2 und E. Ein Ei der Klasse 3 hat nur 90 Kalorien (376 Joule).

Eier trennen oder nicht?
Eine häufige Streitfrage. Für ein deutsches Omelett werden sie getrennt und das Eiweiß fest geschlagen, für ein französisches nicht. Pfannkuchen mit geschlagenem Eiweiß werden lokkerer und knuspriger, lassen sich aber schlechter zusammenrollen.

Eischnee
Der Eischnee wird besonders fest, wenn man eine Prise Salz und ein paar Tropfen Zitronensaft zusetzt. Dagegen darf keine Spur Eigelb in das Eiweiß fallen, sonst läßt es sich nicht steif schlagen.
Für süßen Eischnee nimmt man am besten Puderzucker. Ein Drittel wird gleich in das Eiweiß gegeben, der Rest, wenn der Schnee fast steif ist. Beim Herausnehmen der Schneebesen bilden sich lange Baiserspitzen. Der Eischnee darf erst unmittelbar vor dem Backen in den Teig gerührt werden.

Die wichtigsten Zutaten und Geräte

Milch oder Wasser

Weder Milch noch Wasser sind für ein Omelett nötig, aber die Eiermasse wird durch 1 EL Milch oder Wasser auf 2 Eier lockerer.
Beim Pfannkuchen ist es eine Geschmacksfrage. Mit Milch zubereitet, werden die Pfannkuchen besonders locker und weich (sie lassen sich leicht füllen und rollen). Mit Wasser angerührt, werden sie knuspriger und lassen sich etwas dünner (aber auch schwerer) ausbacken. Der gute Mittelweg führt über eine Mischung (1 Teil Milch auf 1 Teil Wasser).
Statt Milch wird in manchen Gegenden auch gern Butter- oder Dickmilch verwendet. Der Pfannkuchen erhält dadurch eine etwas säuerliche Note.
Wasser kann auch durch Saft (besonders geeignet: Apfelsaft), Wein (Weißwein, der Farbe wegen!) oder Bier (das den Teig auch lockert) ersetzt werden. Damit gibt man den Pfannkuchen eine besondere Würze.
Aber ganz egal, für welche Flüssigkeit Sie sich entscheiden, zwei Dinge sind in jedem Fall wichtig, damit das Pfannkuchenbacken gelingt: Flüssigkeit und Mehl müssen kräftig miteinander geschlagen werden, und dieses Verrühren muß rechtzeitig geschehen, damit das Mehl quellen kann. Nur so erhält man dünne, gleichmäßige Pfannkuchen. Als Faustregel gilt: Je gröber das Mehl, um so länger die Quellzeit. Für feines Weizenmehl rechnet man 30–60 Minuten, für gröbere Mehlsorten oder kleiearme Getreidearten 2–3 Stunden.

Tips

▷ Man kann das Mehl mit einem Teil der Flüssigkeit bereits am Vorabend verrühren und im Kühlschrank aufbewahren. Am Backtag werden die Eier und die restliche Flüssigkeit dazugegeben.
▷ Man kann die Quellzeit verkürzen, indem das Mehl mit lauwarmer Flüssigkeit angerührt wird.
▷ Ist das Mehl grob geschrotet, verlängert sich die Quellzeit entsprechend.
▷ Bei dicken Pfannkuchen kann man, wenn es eilt, auf das Quellen verzichten. Ein Schuß Bier oder Mineralwasser lockert den Teig.

Mehl: Getreide und Co.

Zum Omelett gehört nur das reine Ei, bei Pfannkuchen und Crêpes ist Mehl ein Muß. In einigen traditionellen Pfannkuchenrezepten werden gar keine oder nur wenige Eier verwendet, aber ohne Mehl geht es nie. Mit Ei gebacken, schmeckt der Pfannkuchen besser.
Auf die Wahl des richtigen Mehls kommt es also an. Meist wird für Pfannkuchen und Crêpes das allgemein zum Backen übliche *feine Weizenmehl* (Type 405) verwendet, und für feine Crêpes ist es auch unerläßlich. In einigen Rezepten wird es sogar mit noch feinerem pulverartigem *Mais-, Kartoffel- oder Reismehl* (im Verhältnis 3:1) vermischt; so bekommt man die dünnsten und zartesten Kuchen.

Die wichtigsten Zutaten und Geräte

Da Pfannkuchen aber nicht unbedingt so dünn gebacken werden müssen, kann man auch *Weizenvollkornmehl* (mit oder ohne Schrot) oder auch Mehle aus anderen Getreidearten verwenden, die durch ihren eigenen Geschmack dem Gebäck eine besondere Würze verleihen. Besonders beliebt ist hierfür *Buchweizenmehl* (im eigentlichen Sinn allerdings kein Getreide), aus dem die leckeren russischen Blinis und die französischen Galettes mit der

Buchweizenpfannkuchen, Rezepte Seite 53 und 61, hier mit in Orangensaft eingeweichten Rosinen

herberen Note gebacken werden. Aber auch *Dinkel,* ein Verwandter des Weizens, ist hier ausgezeichnet und kann in allen Rezepten statt Vollkornweizen verwendet werden (Rezepte ab Seite 50).

Roggen ist sehr würzig, aber etwas schwer verdaulich, er wird daher weniger zum Pfannkuchenbacken verwendet. Man kann ihn aber sehr wohl (im Verhältnis 1:3) unter Weizenmehl mischen. *Hafer* und *Gerste* können ebenfalls mit Weizenmehl vermischt werden. Da Hafer keinen Kleber enthält, ist er zwar zum Brotbacken ungeeignet, hat aber einen sehr zarten Geschmack. Aus *Hafer- und Gerstenflokken* lassen sich gute Pfannkuchen bakken. In Afrika werden aus *Hirse* (reich an Mineralstoffen), in Südamerika aus *Mais* und in Asien aus *Reis* schmackhafte Pfannkuchen bereitet.
Man sollte sich also nicht auf feines Weizenmehl beschränken, sondern für Gaumen und Gesundheit je nach Lust und Laune die verschiedensten Getreidearten ausprobieren. Zahlreiche überlieferte und ausländische Rezepte in diesem Buch werden Sie auf diesem Weg begleiten.

Es ist nicht alles Mehl, was dickt!

Nicht nur aus Weizen oder anderen Getreidearten lassen sich leckere Pfannkuchen backen. Besonders gut als »Dickemittel« eignen sich auch »mehlige« Gemüsesorten wie *Bohnen, Linsen, Kichererbsen, grüne Erbsen* (frisch oder getrocknet) und selbstverständlich *Kartoffeln.* Kartoffelpuffer mit Apfelmus gehören wohl zu den Kindheitserinnerungen der meisten unter uns. Und daß auch kleine Pfannkuchen aus Bohnen, Erbsen und Kartoffeln eine Delikatesse sein können, entdeckt die moderne Haute Cuisine gerade wieder. Probieren Sie es auch.

Die wichtigsten Zutaten und Geräte

Zusätze

Wie zum Brotteig, so gehört auch an den Eierkuchenteig ein Körnchen *Salz,* egal, ob süß oder salzig serviert.
Triebmittel wie *Backpulver* oder *Hefe* lockern den Teig. Backpulver erst kurz vor dem Backen mit etwas Mehl in den Teig einrühren.
Dem Eierkuchenteig kann man die verschiedensten *Gewürze* und *Aromastoffe* (Anis, Zimt, Muskat, Paprika, Vanille, Rum, Cognac, Likör) beimischen. Darin liegt gerade der Reiz dieses kleinen, unscheinbaren Gebäcks, und dadurch lassen sich die Rezepte unendlich variieren.
Sollen die Pfannkuchen süß gegessen werden, *Zucker* in den Teig geben. Sie bräunen dann besser.

Geräte

Zum Backen von Pfannkuchen und Omeletts braucht man eine gute Pfanne. Unsere Großmütter schworen auf dicke, gußeiserne Pfannen, die ausschließlich für Omeletts und Pfannkuchen verwendet und nie gewaschen werden durften, sondern nur mit grobem Salz gereinigt wurden. Das hatte seine guten Gründe: Eine gute Pfannkuchenpfanne muß stark erhitzt werden können. Die Hitze muß sich darin sehr gleichmäßig verteilen, damit die Teigränder nicht verbrennen, während die Mitte noch weich ist. Außerdem muß die Pfanne absolut geruchfrei sein.

Großmutters Lehre ist auch heute noch richtig, wenn man gußeiserne Pfannen verwendet. Es gibt aber auf dem Markt neue Produkte, insbesondere beschichtete Pfannen, die man leicht reinigen und dann auch für andere Zwecke gut verwenden kann. Wichtig ist aber ein dicker Boden mit guter Wärmeleitung. Am besten besorgt man sich zwei gleiche Pfannen, dann kann man die Pfannkuchen jeweils mit Hilfe der zweiten Pfanne leicht wenden und darin fertigbacken. Die Backzeit für den gesamten Teig wird auf diese Weise entsprechend verkürzt.
Wer Pfannen mit Deckel kauft, kann sie auch für Omeletts verwenden und fertige Pfannkuchen damit warm halten. Der Deckel hilft beim Wenden.
Die Größe der Pfanne sollte auf die Größe der Herdplatte abgestimmt sein. Für große Pfannkuchen und Crêpes wählt man eine Pfanne von 24–30 cm Durchmesser. Zum Füllen eignen sich am besten Pfannkuchen von etwa 20 cm Durchmesser und eine entsprechend kleinere Pfanne. Wer noch wenig Übung hat, versucht es besser zuerst mit kleinen Pfannkuchen von 15–18 cm Durchmesser, die sich leichter wenden lassen.
Die Pfanne nach der Verwendung immer gleich reinigen und auch vor Gebrauch auf äußerste Sauberkeit achten, damit die Pfannkuchen nicht ankleben. Beschichtete Pfannen sind hier besonders günstig, und außerdem braucht man darin auch weniger Fett zum Ausbacken.
Spatel und abgerundete Messer sind beim Wenden eine gute Hilfe.

Crêpes sind überall in Frankreich beliebt, ganz besonders zur Faschingszeit, wie die Krapfen in Deutschland. Crêperien, auf Crêpes spezialisierte Restaurants, findet man in Frankreich so zahlreich wie bei uns Pizzerias. Besonders in der Bretagne, die zu Recht als die Hochburg der Crêpes-Bäckerei gilt, sind die Crêpes fester Bestandteil einer noch sehr lebendigen Tradition. Die großen Köche haben sich dieses einfachen Gerichts angenommen, es verfeinert und daraus weltberühmte Spezialitäten wie »Crêpes Suzette« entwickelt.

Crêpes sind im Grunde nichts anderes als Pfannkuchen. Sie werden auch ähnlich zubereitet, nur müssen sie sehr dünn, fast durchsichtig sein. Daher auch ihr Name, »Crêpe« (und die italienische Entsprechung »Crespelle«): so dünn und zart wie Kreppgewebe.

Gewußt wie!

Der Teig

Crêpeteig darf nur aus feinstem Weizenmehl zubereitet werden, das Mehl muß unbedingt quellen. Nach dem Ruhen wird der Teig auf die richtige Konsistenz verdünnt. Vor dem Backen immer eine kleine Probe machen! Während des Backvorgangs muß der Teig (in der Schüssel) immer wieder umgerührt werden, damit die Crêpes gleichmäßig werden.

Werden Crêpes süß serviert, so gibt man gern etwas Rum oder Cognac in den Teig. Werden sie dagegen salzig gegessen – z.B. als Beilage zu Spargel –, kann man dem Teig zum jeweiligen Gericht passende Küchenkräuter beimengen.

Das Backen

Crêpes können in normalen Pfannen gebacken werden. Der Teig muß aber schnell und gleichmäßig verteilt werden. Gut eignen sich besondere Pfannen mit niedrigem Rand. In der Bretagne benutzt man große, runde, randlose Pfannen (Galettières), auf denen man den Teig mit Hilfe einer Rakel sehr dünn verteilt, so daß ganz besonders zarte Crêpes entstehen. Seit einigen Jahren findet man auch auf dem deutschen Haushaltsmarkt spezielle Platten für Crêpes.

Elektrische Platte für Crêpes

Zum Einfetten der Pfanne nimmt man am besten ein mit Öl getränktes Küchenpapier. Crêpes dürfen nicht bei zu großer Hitze gebacken werden, der Teig verteilt sich sonst schlecht und ist »durchlöchert«. Sobald die Ränder braun werden, muß die Crêpe gewendet und auf der anderen Seite gebakken werden. Wenn die Ränder sich kräuseln, ist die Crêpe fertig.

Das Servieren

Da Crêpes so dünn sind, kann man sie, je nach Füllung, verschieden falten: in der Mitte zum Halbmond, dreifach, vierfach, zu kleinen Röllchen oder wie Briefumschläge.
Crêpes können wie Pfannkuchen gefüllt und süß oder salzig serviert werden; besonders beliebt sind jedoch die süßen Crêpes. Ein ganz besonderer Genuß für Gaumen und Augen sind flambierte Crêpes. Dafür läßt man Butter in der Flambierpfanne schmelzen. legt die Crêpes hinein, übergießt sie mit Alkohol und zündet ihn an (oder man übergießt sie mit brennendem Alkohol). Man darf nur hochprozentigen Alkohol verwenden und muß die Pfanne hin und her schwenken, damit die Crêpes gleichmäßig getränkt werden und nicht verbrennen.

Grundrezepte

Crêpes

125 g Mehl,
1 EL Zucker (für süße Crêpes),
3 Eier, ½ TL Salz,
1 EL Öl (oder Butter), ⅛ l Wasser,
⅛ l Milch, 1 EL Butter,
1 EL dunkler Rum,
Cognac oder Obstgeist,
Butter oder Öl für die Pfanne

Das Mehl in eine Schüssel sieben. Den Zucker, dann die Eier, das Salz und das Öl in die Mitte geben und mit dem

Crêpes

Zum Halbmond zusammengeklappt

Zu Vierteln gefaltet

Gerollte Crêpes

Handrührer oder einem Holzlöffel von der Mitte her unter das Mehl rühren. Das Wasser langsam, nach und nach, zugießen und alles zu einem glatten Teig verrühren. Die Milch leicht erwärmen und die Butter darin schmelzen lassen. Den Rum dazugeben und den Teig mit der Milch langsam verdünnen. Anschließend mindestens 1 Stunde ruhen lassen, damit das Mehl ausquillt.
Die Pfanne mit wenig Butter oder Öl einfetten. Mit einem Schöpflöffel etwas Teig hineingießen und mit einer drehenden Handbewegung auf dem Boden der Pfanne verteilen. Wenn die Ränder goldgelb werden, die Crêpe mit einem Holzspatel oder einem Messer lösen, wenden und auf der anderen Seite backen. Wenn diese Crêpeprobe gelingt, die übrigen Crêpes nacheinander backen. Die erste Crêpe gehört immer der Bäckerin!
Anschließend die Crêpes nach Lust und Laune bestreichen, füllen oder garnieren und servieren. Vorschläge folgen!

Abwandlungen

Gewürzter Crêpeteig: Den Teig mit Kräutern und Gewürzen (wie Muskat, Paprika, Gelbwurz) verfeinern.
Milchcrêpes: Die Crêpes nur mit Milch oder mit Milch und Sahne backen. Sie sind dann etwas weicher und lassen sich wie Pfannkuchen füllen und rollen.
Biercrêpes (oder Sprudelcrêpes): Bier (bzw. Sprudel) zum Verdünnen verwenden. Diese Variante ist vor allem für salzige Beilagen und für gefüllte Crêpes geeignet.

▷ Ein Ei gleich in den Teig rühren. Zwei Eier trennen, das Eiweiß steif schlagen und erst kurz vor dem Backen mit dem Teig verrühren.
▷ ¼–⅓ des Mehls durch Speisestärke ersetzen.

Crêpes Dentelle

Der Teig für hauchdünne, knusprige süße Crêpes

150 g Mehl, 50 g Speisestärke,
½ l Milch (oder ¼ l Milch und
¼ l Wasser oder Saft),
5 Eier, getrennt, 75 g Butter,
75 g Zucker,
1 Päckchen Vanillezucker,
¼ TL Salz,
Butter oder Öl für die Pfanne

Das Mehl mit der Speisestärke mischen und sieben. Die Milch leicht erwärmen und mit dem Mehl glattrühren. Den Teig mindestens 1 Stunde an einem warmen Ort ruhen lassen. Die Eier trennen. Eigelb mit Butter, Zucker, Vanillezucker und Salz unter den Teig mischen. Eiweiß steif schlagen und zum Schluß unterziehen bzw. vosichtig in den Teig rühren. Die Crêpes bei mäßiger Hitze in der Pfanne mit Butter oder Öl backen.
Dieses Rezept verlangt etwas Können. Das Ergebnis sind dünne und knusprige Crêpes, bestens geeignet zum Füllen und Flambieren.

Abwandlung

Den Teig leicht mit Gewürzen (Zimt, Kardamom, Zitronenschale) oder mit Kirsch, Rum oder Ouzo aromatisieren.

Crêpeteig mit Bier

100 g Mehl, 25 g Speisestärke,
3 Eier, 400 ml Bier,
2 EL zerlassene Butter, ½ TL Salz,
Butter oder Öl für die Pfanne

Das Mehl mit der Speisestärke in einer Schüssel vermischen. In die Mitte eine Mulde drücken und die Eier hineinschlagen. Mit dem elektrischen Handrührgerät zu einem festen Teigkloß verrühren und nach und nach mit dem Bier bis zur gewünschten Konsistenz verdünnen. Die Butter mit dem Salz hineingeben und den Teig 2 Stunden ruhen lassen. Die Pfanne mit wenig Butter oder Öl einfetten, mit einem Schöpflöffel etwas Teig hineinverteilen. Wenn die Ränder goldgelb werden, die Crêpe wenden und auf der anderen Seite fertigbacken.

Abwandlungen

▷ Das Bier durch Sprudel oder Apfelwein ersetzen.
▷ Für süße Crêpes 2 EL Zucker, etwas Vanille- oder Zitronenaroma in den Teig geben.

Süße Crêpes

Aniscrêpes

1 Rezept Crêpes (Seite 14),
mit 1 EL Anislikör und
1 EL Anissamen verfeinert,
Butter zum Bestreichen,
1 EL Zitronensaft,
Puderzucker

Den Crêpeteig mit Anislikör und -samen anreichern und die Crêpes nach Grundrezept backen. Dabei den Restteig häufig umrühren, damit sich die Samen gut verteilen. Die Crêpes mit Butter bestreichen und zweifach zusammenfalten. Mit Zitronensaft beträufeln, mit Puderzucker bestreuen und kurz bei starker Hitze im Backofen glasieren.
Serviervorschlag: Als »Beilage« 1 Kugel Zitroneneis daneben auf den Teller setzen.

Abwandlungen
Fenchelcrêpes: 1 EL Fenchelsamen in den Teig geben und die Crêpes mit Zitronenmarmelade bestreichen.
Sesamcrêpes: 1 EL angeröstete Sesamsamen in den Teig geben

Schokoladencrêpes

1 Rezept Crêpes (Seite 14)

Für die Füllung
100 g Bitterschokolade,
50 g Süßrahmbutter,
1 Prise Salz,
1 EL Wasser,
2 Eiweiß,
¼ TL Kaffeepulver,
¼ TL geriebene Zitronenschale

Puderzucker zum Bestreuen

Die Crêpes nach Grundrezept backen und warm halten.
Die Schokolade zerbröckeln und in einen kleinen Topf geben, Butter, Salz und Wasser hinzufügen und im Wasserbad unter Rühren zu einer glatten Sauce schmelzen lassen. Eiweiß steif schlagen und mit Kaffeepulver und Zitronenschale vorsichtig in die Sauce einrühren. Die Crêpes reichlich mit der Schokoladencreme bestreichen, zusammenrollen, mit Puderzucker bestreuen und kurz unter dem Grill glasieren.
Serviervorschlag: Nach Geschmack etwas flüssige süße Sahne dazu reichen.

Feine Erdbeercrêpes

1 Rezept Crêpes (Seite 14), mit etwas Bénédictine verfeinert

Für die Füllung
125 g Erdbeerkonfitüre,
1 EL milde Orangenmarmelade,
1 TL Zitronensaft

Zum Garnieren
⅛ l Schlagsahne,
1 Päckchen Vanillezucker,
Schokoladenraspel

Die Crêpes nach Rezept backen und warm halten. Konfitüre und Marmelade in einem kleinen Topf verrühren und leicht anwärmen. Jede Crêpe mit der Mischung bestreichen, mit einigen Tropfen Zitronensaft beträufeln und auf Viertel zusammenklappen. Die Sahne mit dem restlichen Zitronensaft und dem Vanillezucker steif schlagen und mit dem Spritzbeutel (Sterntülle) hübsch auf den Crêpes verteilen. Mit Schokoladenraspeln bestreuen und gleich servieren.

Flambierte Crêpes in Orangen-Honigbutter

Foto

1 Rezept Crêpes (Seite 14), mit Orangenlikör verfeinert

Für die Sauce
75 g Süßrahmbutter,
geriebene Schale von 1½ Orangen,
2 EL Orangensaft,
2 EL Honig

Butter für die Pfanne,
1 Gläschen Rum

Den Crêpeteig nach Grundrezept zubereiten und ruhen lassen.
Die weiche Butter mit Orangenschale, Orangensaft und Honig in der Flambierpfanne zu einer sämigen Sauce verrühren.
8 Crêpes mit Butter backen, zusammenrollen und ebenfalls in die Flambierpfanne legen. Den erhitzten Rum dazugeben und anzünden. Die Pfanne dabei hin und wieder rütteln, damit sich der Alkohol gut verteilt. Die Crêpes herausnehmen, auf vorgewärmte Teller verteilen und mit Sauce übergießen.

Abwandlung

Zitronenbutter: Zitronenschale und Zitronensaft für die Sauce, Orangenlikör zum Flambieren verwenden.

Crêpes mit Mangokompott

Foto

Für den Teig
1 Rezept Crêpes (Seite 14), mit Cognac verfeinert,
Butter für die Pfanne und die Form

Für das Mangokompott
¼ l milder Weißwein,
150 g Zucker,
1 kleine Zimtstange,
Schale von ½ Orange,
2 Mangos,
geschält, in Scheiben geschnitten,
2 EL Mokkalikör

Für die Sauce
100 g Bitterschokolade, zerbröckelt,
⅛ l Schlagsahne

Den Teig nach Grundrezept zubereiten, mit Cognac verfeinern und ruhen lassen.

Wein mit Zucker und Zimt zum Kochen bringen. Orangenschale kurz in heißem Wasser blanchieren und in feine Längsstreifen schneiden. Die Mangoscheiben in den Sirup geben und bei milder Hitze weich dünsten; sie dürfen jedoch nicht zerfallen. Herausnehmen und, mit Mokkalikör übergossen, ziehen lassen.

In der Zwischenzeit 4 Crêpes in der gebutterten Pfanne backen und warm stellen. Die Früchte abtropfen und in die Crêpes wickeln.

Die Schokolade mit der Sahne und dem übrigen Mokkalikör im Wasserbad zu einer sämigen Sauce verrühren, die Crêpes damit umranden und sofort servieren.

Zitronencrêpes

2 ungespritzte Zitronen,
1 Rezept Crêpes (Seite 14), mit etwas Anislikör verfeinert,
Puderzucker zum Bestreuen

Die Schale einer Zitrone fein reiben und mit der Milch vom Crêpeteig einige Minuten köcheln lassen. Die Milch abkühlen lassen und den Teig, mit etwas Anislikör verfeinert, nach Grundrezept zubereiten. Die Crêpes backen und warm halten. Die Zitronen auspressen. Die Crêpes mit dem Saft tränken, zusammenfalten und, mit Puderzucker bestreut, bei starker Hitze kurz im Ofen glasieren.
Serviervorschlag: Frisches Obst dazu reichen. Auch Vanillesauce paßt gut dazu.

Abwandlung
Orangencrêpes: 1 EL Cognac (statt Anislikör) für den Teig, Orangensaft (statt Zitronensaft) zum Tränken und Zimt-Zucker zum Bestreuen verwenden.

Flambierte Crêpes mit Ananaskonfitüre

1 Rezept Crêpes (Seite 14), mit Orangenlikör verfeinert

Für die Füllung
100–125 g Ananaskonfitüre,
1–2 EL Orangensaft

Butter für die Pfanne und die Form,
Puderzucker,
10 cl Kirschwasser

Den Crêpeteig nach Grundrezept zubereiten und ruhen lassen.
Die Konfitüre im Wasserbad erwärmen und mit dem Saft verrühren.
Die Crêpes in der gebutterten Pfanne backen, mit der Füllung bestreichen, zweifach falten und in einer gebutterten, feuerfesten Form anordnen. Mit Puderzucker bestreuen und kurz im vorgeheizten Ofen erwärmen. Das Kirschwasser erhitzen, entzünden und darübergießen. Die Crêpes brennend zu Tisch bringen.

Pistaziencrêpes mit Himbeersauce

1 Rezept Crêpes (Seite 14), mit Himbeergeist verfeinert,
1 Rezept rohe Himbeersauce (Seite 88)

Für die Füllung
100 g Butter,
50 g Pistazien, gehackt,
100 g Puderzucker

Butter für die Pfanne

Den Teig nach Grundrezept zubereiten und, während er ruht, die Himbeeren für die Sauce pürieren.
Die weiche Butter mit den Pistazien und dem Puderzucker gut vermischen und beiseite stellen. 8–10 Crêpes in der gebutterten Pfanne backen, mit Pistazienbutter bestreichen und kurz im gut vorgeheizten Backofen aufwärmen. Auf vorgewärmten Tellern, mit Himbeersauce umrandet, servieren und die restliche Sauce in einer Sauciere dazu reichen.

Mandelcrêpes

1 Rezept Crêpes (Seite 14),
50 g Butter für die Pfanne

Pro Crêpe
Butter, 1 EL Mandelsplitter,
1 EL milde Orangenmarmelade

1 Gläschen Orangenlikör, Puderzucker

Den Crêpeteig nach Grundrezept zubereiten und ruhen lassen. Etwas Butter in der Pfanne erhitzen, 1 EL Mandelsplitter hineingeben und mit Crêpeteig übergießen, backen, vorsichtig wenden und fertigbacken. Die restlichen Crêpes ebenso backen. Jede Crêpe mit etwas Butter, dann mit Orangenmarmelade bestreichen und zusammenrollen. Den Orangenlikör erwärmen, über die Crêpes gießen. Mit Puderzucker bestreuen und gleich servieren.

Abwandlung
Die Crêpes flambieren oder mit Vanillecreme (Seite 91) füllen.

Lothringer Crêpes

1 Rezept Crêpes (Seite 14),
¼ l Crème fraîche, 70 g Zucker

Die nach Grundrezept gebackenen Crêpes mit einer dicken Schicht Crème fraîche bestreichen, mit Zucker bestreuen, zweifach zusammenfalten und gleich servieren.
Serviervorschlag: Zur Verfeinerung dieser rustikalen Crêpes eine Fruchtsauce dazu reichen.

Ingwercrêpes

1 Rezept Crêpes (Seite 14),
1 TL gehackter Ingwer,
1 EL Whisky,
Butter für die Pfanne,
Zimt-Zucker zum Bestreuen,
Whisky zum Übergießen

Den nach Grundrezept zubereiteten Teig mit Ingwer und Whisky verfeinern und daraus in reichlich Butter kleinere Crêpes backen. Mit Zimt-Zucker bestreuen, zusammenfalten und servieren. Auf dem Teller nach Geschmack mit Whisky übergießen.

Flambierte Apfelcrêpes in Ginsauce

1 Rezept Crêpes (Seite 14), mit weißem Rum verfeinert,
100 g Apfelgelee, 2 EL Butter,
1 EL Zucker, 10 cl Gin, 2 EL Sahne

Die Crêpes nach Grundrezept backen und warm halten. Apfelgelee im Wasserbad erwärmen, die Crêpes reichlich damit bestreichen und auf Viertel zusammenfalten.
Butter in der Flambierpfanne erhitzen, Zucker hineingeben und bei milder Hitze schmelzen lassen. Die Crêpes in der Pfanne hübsch anordnen, mit angewärmtem Gin übergießen und flambieren. Die Pfanne dabei leicht rütteln, damit sich der Gin gut verteilt. Mit Sahne löschen und die Crêpes mehrmals mit der Sauce übergießen, damit sie gut durchtränkt werden. Sofort servieren.

Crêpes Armagnac

1 Rezept Crêpes (Seite 14),
3 in Armagnac eingelegte Backpflaumen,
Butter für die Pfanne und zum Bestreichen,
Zucker zum Bestreuen

Den Crêpeteig nach Grundrezept zubereiten. Die Backpflaumen klein schneiden und in den Teig geben. Daraus in der gebutterten Pfanne kleine Crêpes backen, mit wenig Butter bestreichen, vorsichtig zusammenfalten und, mit Zucker bestreut, servieren.

Abwandlung
Fertige Crêpes in eine gebutterte Flambierpfanne legen und mit brennendem Armagnac übergießen.

Crêpes mit Aprikosen und geeister Sauce

1 Rezept Crêpes (Seite 14), mit Cognac und 2 EL geriebenen Mandeln verfeinert

Für die Füllung
400 g Aprikosen, Wasser,
3 EL Zucker,
Schale von ½ Orange,
3 EL Orangenlikör

Butter für die Pfanne,
4 EL Johannisbeergelee, Puderzucker,
¼ l geeiste Sahnesauce (Seite 89)

Den Teig nach Grundrezept zubereiten, mit Cognac und Mandeln verfeinern und ruhen lassen.

Währenddessen die Aprikosen mit heißem Wasser überbrühen, enthäuten, entsteinen und in wenig Wasser mit dem Zucker und der Orangenschale dünsten. Die weichen Aprikosen gut abtropfen lassen, in kleine Stückchen schneiden und im Orangenlikör ziehen lassen.
Die Crêpes nacheinander in der gebutterten Pfanne backen. Den Restteig dabei häufig umrühren, damit sich das Mandelpulver immer gut verteilt. Jede Crêpe mit einer dünnen Schicht Johannisbeergelee bestreichen, mit Aprikosen füllen und wie einen Briefumschlag zusammenfalten. Mit Puderzukker bestreuen, kurz im Ofen aufwärmen und gleich mit geeister Sahnesauce servieren.

Crêpes Gil Blas

1 Rezept Crêpes (Seite 14),
100 g Butter,
100 g Puderzucker,
3 EL Weinbrand,
50 geriebene Haselnüsse,
etwas Zitronensaft

Die Crêpes nach Grundrezept backen und warm halten.
Die weiche Butter mit dem Puderzukker und den übrigen Zutaten verrühren. Die Crêpes mit der Creme bestreichen, zweimal falten und sofort auftragen.

Abwandlung
Nach Geschmack die gefüllten Crêpes noch dünn mit Aprikosenkonfitüre bestreichen.

Quarkcrêpes mit Kiwisauce

Foto

1 Rezept Crêpes (Seite 14),
Butter für die Pfanne und die Form,
Puderzucker,
2 EL geröstete Walnüsse

Für die Füllung
250 g Sahnequark,
1 Päckchen Vanillezucker,
1 EL geriebene Limettenschale,
1 Eiweiß

Für die Kiwisauce
6 Kiwis,
1 EL Zitronensaft,
⅛ l Weißwein, 1 EL Zucker

Den Teig nach Grundrezept zubereiten und ruhen lassen.

Den Quark mit dem Vanillezucker und der Limettenschale verrühren. Das steifgeschlagene Eiweiß unterheben.

Die Crêpes nacheinander in der gebutterten Pfanne backen, füllen, zusammenklappen und, mit Puderzucker bestreut, in einer gebutterten, feuerfesten Form im Ofen bei 180–200 °C etwa 10 Minuten backen. Mit den Walnüssen bestreuen.

Die Kiwis schälen, im Mixer mit dem Zitronensaft pürieren. Den Wein mit dem Zucker erhitzen, das Fruchtpüree einrühren. Die Sauce um die angerichteten Crêpes verteilen.

Crêpes Soufflées à l'Orange

1 Rezept Crêpes (Seite 14), mit 1 EL Orangenlikör verfeinert, Butter für die Pfanne

Für die Füllung
½ Rezept Vanillecreme (Seite 91), 2 Eiweiß, 1 EL geriebene Orangenschale

Fett für die Form, 10 cl Orangenlikör

Den Teig nach Grundrezept zubereiten, mit Orangenlikör verfeinern und ruhen lassen. 8–10 Crêpes in der Pfanne mit Butter backen und warm halten.
Vanillecreme zubereiten und leicht abkühlen lassen. Eiweiß steif schlagen und mit der Orangenschale vorsichtig unter die Creme mischen. Die Crêpes mit einem Längsstreifen Creme belegen, zusammenklappen und umgedreht in einer eingefetteten feuerfesten Form anordnen. In der Mitte längs einschneiden und im Backofen etwa 15 Minuten bei 180 °C backen. Mit erwärmtem Orangenlikör übergießen und flambieren.
Serviervorschlag: Orangensauce (Seite 88) oder ein Orangenkompott schmeckt besonders lecker dazu.

Crêpes mit Orangen-Pfirsichen

1 Rezept Crêpes (Seite 14), mit Cointreau verfeinert

Für die Füllung und den Sirup
4 kleine Pfirsiche, 3 EL Blütenhonig, 100 ml Orangensaft, 50 ml Zitronensaft, 1 EL Mandellikör, ⅛ l süße Sahne, Zucker (nach Bedarf)

Butter für die Pfanne und für die Form, Makronen, zerbröselt, Puderzucker, 1 Msp Anis

Den Crêpeteig nach Grundrezept zubereiten, mit Cointreau verfeinern und ruhen lassen.
Die Pfirsiche kurz in heißes Wasser eintauchen, enthäuten und in Scheiben schneiden. Den Honig mit den Säften und dem Likör erhitzen, Pfirsichscheiben hineingeben und weich garen. Die Früchte über einem Sieb abtropfen lassen, den Sirup in einen kleinen Topf geben, mit der Sahne (und eventuell etwas Zucker) einkochen lassen.
Die Crêpes in der gebutterten Pfanne backen und mit Makronen bestreuen. Die Pfirsiche als einen breiten Streifen in die Mitte geben und die Crêpeseiten zur Mitte hin zusammenklappen. Die Crêpes in einer gebutterten Form anordnen. Puderzucker mit Anis vermischen und darüberstreuen. Dann kurz bei starker Hitze im Backofen glasieren. Sofort heiß servieren und den Sirup als Sauce dazu reichen.

Crêpes mit Pistazieneis und Himbeeren

1 Rezept Crêpes (Seite 14), mit Himbeergeist verfeinert

Für die Himbeersauce
300 g Himbeeren, 2 EL Butter,
3 EL Zucker, 1 Gläschen Rotwein,
4 EL Himbeersirup

Für die Füllung
8 Kugeln Pistazieneis

Den Teig nach Grundrezept zubereiten und mit Himbeergeist verfeinern. 8 Crêpes backen und warm halten.
Die Himbeeren sorgfältig verlesen und säubern. Butter in der Flambierpfanne schmelzen lassen, Zucker hineinstreuen und karamelisieren lassen. Wein mit Himbeersirup vermengen und darübergießen. Die Sauce gut umrühren und etwas einkochen lassen. Himbeeren dazugeben und bei milder Hitze in der Sauce erwärmen.
Die Crêpes in der Mitte mit Pistazieneis belegen, hübsch zusammenfalten und auf vorgewärmte Teller legen. Mit den Himbeeren und der Sauce übergießen und sofort servieren.

Crêpes mit Johannisbeergelee und Cashewnüssen

1 Rezept Crêpes (Seite 14),
½ Glas Johannisbeergelee,
1 EL Himbeergeist,
Puderzucker,
60 g Cashewnüsse, geröstet und grob gehackt

Die Crêpes nach Grundrezept backen und warm halten.
Das Johannisbeergelee mit dem Himbeergeist verrühren. Die Crêpes damit bestreichen, doppelt falten und kurz im vorgeheizten Ofen erwärmen. Mit Puderzucker bestäuben, mit Nüssen bestreuen und gleich servieren.

Crêpes Sultane

1 Rezept Crêpes (Seite 14),
4 kleine, reife Bananen,
4 EL trockener, fetter Quark,
4 EL geriebene Mandeln,
½ TL Kardamom,
1 EL Rosinen,
in 1 EL Rum eingeweicht,
2 TL Rosenwasser (nach Geschmack)

Puderzucker zum Bestreuen

8 Crêpes nach Grundrezept backen und warm halten.
Bananen mit der Gabel zerdrücken und mit Quark, Mandeln und Kardamom zu einer festen Paste verrühren. Die Rosinen und (nach Geschmack) das Rosenwasser daruntermischen. Die Crêpes mit einem Längsstreifen Füllung bestreichen, zusammenrollen und, mit Puderzucker bestreut, kurz unter dem Grill karamelisieren lassen. Heiß servieren.

Tip
Die Füllung muß ziemlich fest sein; daher werden die Bananen besser mit der Gabel zerdrückt. Sind die Bananen vollreif, so braucht man keinen Zucker. Andernfalls eine Kostprobe machen!

Haselnußbirne im Crêpebeutel

1 Rezept Crêpes (Seite 14), dabei 2 EL Mehl durch 2 EL geriebene Haselnüsse ersetzen

Für die Crêpebeutel
½ l Wasser, 10 EL Zucker,
1 Nelke, 1 Stück Zitronenschale,
8 kleinere Birnen, 3 EL Rum,
2 Eigelb, 4 EL süße Sahne,
50 g gemahlene Haselnüsse

Butter für die Pfanne,
8 Streifen blanchierte Orangenschale,
Puderzucker

Den Crêpeteig nach Grundrezept zubereiten und dabei geriebene Haselnüsse zusetzen. Den Teig ruhen lassen. Wasser mit 6 EL Zucker, Nelke und Zitronenschale zu Sirup einkochen. Birnen schälen, das Kerngehäuse entfernen und die ganzen Früchte unter häufigem Wenden im Sirup weich dünsten. In einem Sieb gut abtropfen lassen, anschließend mit Rum übergießen. Eigelb mit Sahne verrühren, im Wasserbad einkochen lassen und mit den geriebenen Haselnüssen und dem restlichen Zucker zu einer festen Paste vermengen.
8 Crêpes wie üblich in der gebutterten Pfanne backen und warm halten. Birnen mit der Haselnußcreme füllen. Eine Birne auf die Mitte jeder Crêpe setzen, einschlagen und mit einem dünnen Streifen blanchierter Orangenschale festbinden (zur Not helfen auch 2 Zahnstocherstückchen). Mit Puderzucker bestreuen und kurz unter den Grill schieben.

Crêpes Suzette

Die echten!

1 Rezept Crêpes (Seite 14), mit
1 EL Curaçao und
1 EL Mandarinensaft verfeinert

Für die Füllung
2 unbehandelte Mandarinen,
2 Zuckerwürfel,
120 g Butter, 100 g Zucker,
1 Gläschen Curaçao

Puderzucker zum Bestreuen

Den Teig nach Grundrezept zubereiten, mit Curaçao und Mandarinensaft verfeinern. Daraus 12 kleine Crêpes backen und warm halten.
Die Mandarinen gründlich säubern, gegen die Zuckerwürfel reiben (damit der Zucker das Mandarinenaroma gut annimmt) und anschließend auspressen. Die weiche Butter mit Zucker, zerdrücktem Würfelzucker, Mandarinensaft und Likör gut verrühren und bei sehr milder Hitze warm halten. Die Crêpes mit der Buttercreme bestreichen, zusammenfalten und, mit Puderzucker bestreut, auf heißen Tellern gleich servieren.

Abwandlung

Mit erwärmtem Curaçao übergießen und flambieren. Im Originalrezept werden sie nicht flambiert!

Normannische Crêpes mit Garnelen, Rezept Seite 28

Crêpes Suzette mit Grand Marnier

1 Rezept Crêpes (Seite 14), mit
1 EL Grand Marnier verfeinert

Für die Sauce
50 g Butter, 40 g Zucker,
3–4 EL Orangensaft,
¼ Orangenschale, gerieben,
1 Gläschen Grand Marnier,
1 Spritzer Zitronensaft

Den Teig nach Grundrezept zubereiten und mit Grand Marnier verfeinern. Daraus kleine Crêpes backen und warm halten.
In einer Flambierpfanne (oder einer breiten Pfanne) die Butter erhitzen und den Zucker darin leicht karamelisieren. Mit Orangensaft, Orangenschale und Grand Marnier übergießen und bei mäßiger Hitze zu einer sämigen Sauce verrühren. Mit Zitronensaft verfeinern. Die doppelt gefalteten Crêpes in der Pfanne erwärmen und mit der Sauce übergießen.

Tips

▷ Die Pfanne leicht rütteln, damit sich der Alkohol gut verteilt und die Crêpes nicht braun werden.
▷ Die besten Crêpes Suzette bekommt man, wenn man beide Rezepte kombiniert, die Crêpes also mit wenig Buttercreme bestreicht und in eine Orangensauce gibt.

Abwandlung

3 EL Grand Marnier mit 2 EL Cognac in einem kleinen Topf erhitzen, am Tisch flambieren und über die Crêpes gießen.

Salzige Crêpes

Normannische Crêpes mit Garnelen

Foto Seite 27

1 Rezept Crêpes (Seite 14)

Für die Füllung
1 Schalotte, klein gehackt,
1 Knoblauchzehe, klein gehackt,
1 EL gewiegte Petersilie,
1 EL Butter zum Anbraten,
300 g Garnelen, 1 EL Crème fraîche,
1 EL gehackte Küchenkräuter,
½ Rezept Béchamelsauce (Seite 93)

Fett für die Pfanne und die Form,
50 g Kräuterbutter

Den Teig nach Grundrezept zubereiten und ruhen lassen.
Schalotte und Knoblauchzehe mit der Petersilie in die heiße Butter geben und leicht anrösten. Garnelen hinzufügen und, unter gelegentlichem Umrühren, bei mäßiger Hitze im offenen Topf dünsten; es sollte keine Flüssigkeit übrigbleiben. Von der Platte nehmen und mit Crème fraîche, den Kräutern und der dicken Béchamelsauce vermischen.
Die Crêpes in der Pfanne mit Fett backen, füllen und zusammengerollt in einer gefetteten, feuerfesten Form anordnen. Mit Sauce übergießen und mit Butterflöckchen belegen. Im vorgeheizten Backofen etwa 10 Minuten gratinieren.

Tip

Ist die Füllung zu flüssig, mit etwas geriebener Semmel binden.

Olivencrêpes mit Anchovis

1 Rezept Crêpes (Seite 14),
Olivenöl zum Ausbacken

Pro Crêpe
4 Oliven, klein geschnitten,
2 Anchovisfilets

Den Crêpeteig nach Grundrezept zubereiten und ruhen lassen. Die Pfanne mit Öl bestreichen, erhitzen und etwas Teig hineingeben. Die Olivenstückchen darauf verteilen. Wenn die Crêperänder goldgelb werden, vorsichtig wenden und fertigbacken. Die Crêpes zusammenfalten und mit Anchovisfilets garnieren.
Serviervorschlag: Dazu einen italienischen Salat reichen.

Abwandlungen

Schinkencrêpes: Jede Crêpe mit einer dünnen Scheibe Schinken, in dünne Streifen geschnitten, belegen.
Salamicrêpes: 4 dünne Scheiben Salami auf jede Crêpe geben.
Zwiebelcrêpes: Die Crêpes mit gehackter, in Butter gedünsteter Zwiebel bedecken, falten und mit etwas Crème fraîche bestreichen.

Crêpesrollen mit Spargelmus

1 Rezept Crêpes (Seite 14)

Für die Füllung
500 g Spargel, geschält,
1 Msp Zucker,
½ l Geflügelbrühe

Für die Sauce
2 EL Butter, 2 EL Mehl,
3 EL Crème fraîche,
Salz, Pfeffer,
Muskatnuß

Fett für die Form,
50 g geriebener Käse,
1 EL feingehackter Kerbel

8 Crêpes nach Grundrezept backen und warm halten.
Spargel mit Zucker in der Geflügelbrühe weich garen, gut abtropfen lassen (Brühe aufheben), auspressen und im Mixer pürieren. Butter und Mehl zu einer hellen Schwitze verrühren, mit etwa ¼ l Brühe löschen und bei milder Hitze eindicken lassen. Crème fraîche daruntermischen und mit Salz, Pfeffer und Muskatnuß abschmecken. Die Hälfte der Sauce mit dem Spargelpüree vermengen und die Crêpes damit füllen, zusammenrollen und in einer gut eingefetteten Gratinform anordnen. Mit der restlichen Sauce übergossen und mit Käse bestreut etwa 15 Minuten im Backofen gratinieren. Mit Kerbel bestreuen und heiß servieren.
Serviervorschlag: Zur Abwechslung die Spargelspitzen abschneiden und dekorativ über die Crêpesrollen legen.

Tip

Besonders geeignet für dieses Rezept ist der ganz dünne, zarte Spargel, den man auf dem Markt billig bekommt und nicht zu schälen braucht.

Crêpesrollen mit Flußkrebsen

1 Rezept Crêpes (Seite 14)

Für die Füllung
2 l Wasser,
1 mittelgroße Zwiebel, geviertelt,
1 Lorbeerblatt,
1 Zweiglein Thymian,
2 Stengel Petersilie,
100 ml Essig, Salz, Pfeffer,
36 Flußkrebse, 250 g Champignons,
4 EL Butter,
1 Gläschen Cognac,
1 TL Tomatenmark,
⅛ l Crème fraîche,
1 Msp scharfer Paprika

Fett für die Pfanne und die Form,
¼ l Weißwein, ¼ l Crème fraîche,
1 Eigelb, etwas geriebener Käse

Den Teig nach Grundrezept zubereiten und ruhen lassen.
Wasser mit Zwiebel, Kräutern, Essig, Salz und Pfeffer etwa 15 Minuten köcheln lassen. Krebse hineingeben, etwa 15 Minuten kochen, gut abtropfen und abkühlen lassen. Die Champignons putzen, blättrig schneiden und in 2 EL Butter weich dünsten.
Die Krebsschwänze von der Schale befreien und kurz in 2 EL Butter anrösten, mit Cognac übergießen und flambieren. Champignons mit Tomatenmark und ⅛ l Crème fraîche dazugeben und einkochen lassen. Mit Salz, Pfeffer und Paprika abschmecken. 12 kleinere Crêpes nacheinander in der gefetteten Pfanne backen, füllen, zusammenrollen und in eine eingefettete feuerfeste Form geben. Wein mit ¼ l Crème fraîche verrühren und einkochen lassen. Von der Herdplatte nehmen und mit Eigelb binden. Die Crêpes damit übergießen und, mit Käse bedeckt, im vorgeheizten Backofen gratinieren.

Crêpetaschen mit Roquefortcreme

1 Rezept Crêpes (Seite 14)

Für die Füllung
100 g Roquefort,
6 EL Béchamelsauce (Seite 93),
1 Prise Paprika, 1 Prise Zucker

Fett für die Form,
50 g geriebener Emmentaler,
20 g Butter, zerlassen

Die Crêpes nach Grundrezept backen und warm halten.
Den Käse mit der Gabel zerdrücken, zu einer weichen Paste rühren und mit der warmen Sauce vermischen. Mit Paprika und Zucker abschmecken. Die Crêpes mit der Mischung bestreichen, zu Halbmonden zusammenfalten und auf einer gut eingefetteten Form, mit geriebenem Käse bestreut und mit zerlassener Butter benetzt, im vorgeheizten Backofen gratinieren.
Serviervorschlag: Als Vorspeise oder kleiner Imbiß mit frischem Salat.

Abwandlungen
Emmentaler-Crêpes: Mit 100 g geriebenem Emmentaler zubereiten (statt Roquefort).
Korsische Crêpes: Mit 100 g in Kräuteröl eingelegtem Käse zubereiten.

Gewußt wie!

Das Fetten der Pfanne

Je nach Pfanne braucht man zum Ausbacken mehr oder weniger Fett. Die einen schwören zum Einfetten auf Butter, die anderen auf die Speckschwarte. Aber auch Margarine, Öl oder Schmalz sind geeignet. Entscheidend ist für mich der Geschmack.
Die Wahl des Fettes hängt von der verwendeten Mehlsorte, vom Belag und von der Backhitze ab. Am stärksten läßt sich Öl erhitzen. Butter verträgt weniger Hitze. Dafür rundet Butter den Geschmack von zarten, süßen Pfannkuchen besonders gut ab. Schmalz würzt Buchweizenpfannkuchen oder rustikale Wurstgerichte besser. Am besten, man probiert es aus.

Tips

▷ Zum sparsamen Einfetten der Pfanne kann man (wie unsere Großmütter) eine Speckschwarte verwenden oder ein mit Öl getränktes Küchenpapier, das um ein kleines Stück Holz oder eine halbe Kartoffel gewickelt ist. Dann verbrennt man sich dabei nicht die Finger.

▷ Vor dem ersten Pfannkuchen muß die Pfanne sorgfältig eingefettet werden. Später wird nach jedem Pfannkuchen leicht nachgefettet (manche empfehlen, die Pfanne nach dem Wenden nochmals mit Fett einzureiben).

▷ Anfängern sei geraten, die Pfanne eher reichlich einzufetten, die Pfannkuchen lassen sich leichter wenden! Hat man zu reichlich eingefettet, das überflüssige Fett einfach mit Küchenpapier aufsaugen.

Pfannkuchen

Das Backen

Nachdem der Teig geruht hat, wird er auf die richtige Konsistenz verdünnt oder mit Eischnee verrührt. Die eingefettete Pfanne wird erhitzt. Dann nimmt man etwa einen Schöpflöffel Teig und verteilt ihn mit einer drehenden Handbewegung in der Pfanne. Wenn die Ränder Farbe annehmen, löst man den Pfannkuchen von der Pfanne, wendet ihn und backt ihn auf der anderen Seite fertig. Geübte Pfannkuchenbäcker(innen) lösen die Ränder des Pfannkuchens vom Rand der Pfanne ab und werfen ihn zum Wenden in die Luft. Das sieht lustig aus, geht aber oft daneben!

Schwere Pfannkuchen stülpt man am besten zum Fertigbacken in eine zweite Pfanne, nachdem man sie zuvor an den Rändern gelöst hat. Oder man wendet sie mit Hilfe eines Deckels der gleichen Größe und läßt sie vorsichtig wieder in die Pfanne gleiten. Zwischen den einzelnen Pfannkuchen das Einfetten der Pfanne nicht vergessen!

Es ist allerdings unmöglich, die genaue Anzahl der Pfannkuchen anzugeben, die man aus der Teigmenge bakken kann. Das hängt ganz von der Beschaffenheit des Teiges, der Größe der Pfanne und nicht zuletzt von der Geschicklichkeit der Bäckerin ab.

Tips

- ▷ Immer einen Pfannkuchen zur Probe backen. Dazu eine kleine Menge Teig in der Mitte der Pfanne verteilen und wie einen großen Pfannkuchen backen. So kann man leicht kontrollieren, ob die Pfanne heiß genug ist und der Teig die richtige Konsistenz hat.
- ▷ Den Teig immer wieder umrühren, damit seine Konsistenz auch für alle weiteren Pfannkuchen gleichmäßig bleibt.

Das Servieren

Pfannkuchen werden gern ganz rustikal aus der Hand gegessen. Zum Servieren läßt man sie aus der Pfanne direkt auf den Teller gleiten, faltet sie zum Halbmond oder belegt sie mit einer Füllung und rollt sie zusammen. Nach dem Füllen kann man die Pfannkuchen mit oder ohne Sauce unter den Grill schieben und überbacken. Dann können sie im Voraus gebacken werden.

Um Pfannkuchen bis zum Servieren warm zu halten, stapelt man sie auf einem Teller über kochendem Wasser oder im warmen Backofen, mit Alufolie zugedeckt. Bei der ersten Methode läuft man zwar Gefahr, daß die Pfannkuchen etwas weich werden. Wenn man sie jedoch später füllt und überbackt, spielt das keine Rolle. Bei der zweiten Methode werden sie leicht hart und brüchig, wenn man sie nicht richtig zudeckt.

Tip

Wenn Pfannkuchen übrigbleiben, kann man sie, in Aluminiumfolie eingehüllt, im Kühlschrank mehrere Tage lang aufbewahren. Damit sie nicht aneinanderkleben, sollte man sie leicht mit Öl einreiben, mit Zucker bestreuen oder auch einzeln mit Alufolie bedekken. Die Pfannkuchen können dann später gefüllt und überbacken oder bei mäßiger Hitze in der Pfanne aufgebakken und anschließend flambiert werden.

Grundrezepte

Pfannkuchen

100 g Mehl,
2 Eier, 1 Msp Salz,
175–250 ml Milch,
½ EL Butter oder Öl

Das gesiebte Mehl in die Schüssel geben. In die Mitte eine Mulde drücken. Eier, Salz und etwas Milch hineingeben und mit einem Löffel oder einem elektrischen Handrührer zu einem festen Kloß vermischen. Dann mit der restlichen Milch langsam zu einem dickflüssigen Teig verrühren und mindestens 1 Stunde ruhen lassen, damit das Mehl quellen kann. Die Butter oder das Öl in der Pfanne erhitzen und den Teig schöpflöffelweise mit einer drehenden Handbewegung hineingeben. Wenn die Ränder Farbe annehmen, den Pfannkuchen wenden, auf der anderen Seite fertigbacken.

Abwandlungen

- ▷ Auf 200 g Mehl 5 Eier geben. Man braucht dann weniger Fett beim Ausbacken.
- ▷ Die Milch zum Teil oder ganz durch Wasser, Bier oder Obstsaft ersetzen (Milchpfannkuchen sind geschmeidig und lassen sich gut füllen, Wasserpfannkuchen sind knuspriger).
- ▷ Die Eier trennen und das steifgeschlagene Eiweiß kurz vor dem Backen mit dem Teig verrühren. Eischneepfannkuchen bei milderer Hitze ausbacken.
- ▷ Nach dem Ruhenlassen ¼ Päckchen Backpulver in den Teig geben.

Kratzete: Aus dem Pfannkuchenteig kleine Pfannkuchen auf einer Seite backen, wenden und mit der Gabel wie Kaiserschmarrn zerreißen.

Tips

- ▷ Pfannkuchen mit Obstbelag mit der geringeren Flüssigkeitsmenge zubereiten.
- ▷ Sollen Pfannkuchen süß gegessen werden, 50 g Zucker mit den Eiern in den Teig geben. Die Pfannkuchen werden schneller braun und schmecken besser.

Buttermilchplinsen

200 g Mehl, 2 Eier, 1 Msp Salz,
¼ l Buttermilch (knapp),
2 EL Mineralwasser,
Butter für die Pfanne

Mehl in die Schüssel geben, in der Mitte eine Mulde bilden und Eier, Salz und etwa ⅛ l Buttermilch hineingeben und zu einem festen Teig verrühren. Mit der restlichen Milch und dem Mineralwasser verdünnen und an einem warmen Ort 1–2 Stunden ruhen lassen. Dann kleine Pfannkuchen auf beiden Seiten goldgelb backen.

Hefepfannkuchen

Foto

Schlesische Plinsen

20 g Hefe, etwas Zucker,
375 ml Milch,
250 g Mehl, 3 Eier, 1 Prise Salz,
Sojaöl oder Butter für die Pfanne

Die Hefe mit 1 Prise Zucker und 2 EL lauwarmer Milch in einer Schüssel verrühren und an warmem Ort gehen lassen. Das Mehl unter die Hefe mischen und mit der restlichen Milch und den Eiern zu einem geschmeidigen Teig verrühren. Salzen und zuckern. Die Pfannkuchen in heißem Fett backen. Plinsen sind besonders locker, werden aber etwas dicker gebacken.

Abwandlung
Den Plinsenteig mit Zwiebelringen und gewürfeltem Speck anreichern.

Sahnepfannkuchen

6 EL Mehl, 6 Eier, getrennt, 1 EL Öl,
1 Msp Salz, ¼ l saure Sahne,
Butter für die Pfanne,
Erdbeerkonfitüre zum Bestreichen,
Butter für die Form,
1 EL Mandelsplitter

Mehl mit Eigelb, Öl, Salz und Sahne gut vermengen. Das geschlagene Eiweiß damit verrühren und aus dem Teig kleine Pfannkuchen in Butter backen. Mit Konfitüre bestreichen und in einer eingefetteten Form eng zusammenrollen, nochmals mit Konfitüre bestreichen, mit Mandeln bestreuen und kurz in den Backofen schieben.

Pfannkuchen

Quarkpfannkuchen

250 g Quark, 50 g Mehl, 2 Eier,
⅛ l Milch, 1 Msp Salz, 3 EL Zucker,
Zitronenaroma,
Butter für die Pfanne

Quark mit Mehl, Eiern und Milch glattrühren. Salz, Zucker und Zitronenaroma hinzufügen und aus dem Teig in heißer Butter kleine Kuchen von beiden Seiten backen.

Semmelpfannkuchen

100 g geriebene Semmeln oder
Weißbrot (oder Rührkuchen),
2 EL Mehl, 3 Eier, getrennt,
1 Msp Salz,
250–375 ml Milch,
Butter für die Pfanne

Weißbrot mit Mehl, Eigelb, Salz und Milch zu einem glatten Teig verrühren. Eiweiß zu steifem Schnee schlagen und in den Teig rühren. In heißer Butter kleine Pfannkuchen daraus backen.

Abwandlungen

▷ Rosinen, geriebene Zitronenschale, gehackte Mandeln oder Nüsse in den Teig geben.

Honigflädle: 100 g Honigbrot mit etwas warmer Milch übergießen, pürieren und wie Semmelpfannkuchen backen.

Süße Pfannkuchen

Apfel-Sahnepfannkuchen

1 Rezept Sahnepfannkuchen
(Seite 34),mit etwas Zimt verfeinert,
4 große Äpfel,
60 g Butter für die Pfanne

Teig für Sahnepfannkuchen bereiten und ruhen lassen.
Inzwischen Äpfel waschen, schälen, entkernen und in Halbringe schneiden.
Etwas Butter in der Pfanne erhitzen. Einen Teil der Apfelscheiben in der Pfanne verteilen und braten. Einen Schöpflöffel Teig darauf verteilen. Wenn die Pfannkuchenränder bräunlich werden, vorsichtig mit Hilfe eines Deckels wenden und fertigbacken.
Serviervorschlag: Mit Puderzucker bestreuen oder mit Aprikosenkonfitüre bestreichen.

Pfannkuchen mit Rhabarber

1 Rezept Pfannkuchen mit 200 g Mehl
und 5 Eiern (Seite 33)

Für die Füllung
300 g Rhabarber, geschält,
75 g Zucker, 1 Stück Zitronenschale,
1 Glas Orangensaft,
1 Stückchen Zimt,
1 Stückchen Ingwer,
2 EL mildes Orangengelee

Puderzucker, mit etwas Zimt
vermischt, zum Bestreuen

Den Teig vorbereiten und ruhen lassen.
Den Rhabarber mit den übrigen Zutaten für die Füllung bei milder Hitze garen und sehr gut abtropfen lassen. Zitronenschale und Ingwerstückchen herausnehmen, Rhabarber mit Orangengelee vermischen und warm halten.
Die Pfannkuchen backen, mit Rhabarber füllen, zu Halbmonden zusammenfalten und, mit Zimt-Puderzucker bestreut, 2–3 Minuten bei 220–230 °C in den Backofen schieben.
Serviervorschlag: Mit warmer Erdbeersauce (Seite 87) umranden und gleich servieren.

Pfannkuchen mit Aniszwetschgen

1 Rezept Pfannkuchen (Seite 33)

Für die Füllung
400 g Zwetschgen,
200 g Zucker,
1 Glas milder Weißwein,
1 Gläschen Anislikör,
2 EL Crème fraîche,
2 EL Kokosraspel

Puderzucker zum Bestreuen (nach Geschmack)

Den Teig zubereiten und ruhen lassen. Währenddessen die Zwetschgen waschen, halbieren, entsteinen und mit Zucker, Weißwein und Anislikör weich dünsten. Die Fruchte gut abtropfen lassen, leicht auspressen, grob zerdrükken und mit Crème fraîche und Kokosraspeln vermischen.
Die Pfannkuchen nacheinander bakken, mit Zwetschgen füllen und gleich servieren oder mit Puderzucker bestreuen und bei starker Hitze im Backofen kurz glasieren.
Serviervorschlag: Etwas Vanillesauce, mit Anislikör verfeinert, dazu servieren.

Ungarische Pfannkuchentorte

1 Rezept Pfannkuchen (Seite 33),
75 g gehackte Haselnüsse,
200 g Quark,
150 g Zucker, 1 Päckchen Vanillezucker,
2 Eier, getrennt,
60 g Bitterschokolade, gerieben,
75 g Butter, 1 EL Rum

8 Pfannkuchen nach Grundrezept backen und beiseite stellen.
Drei verschiedene Schüsseln bereithalten. In die erste die gehackten Haselnüsse geben, in die zweite den mit 100 g Zucker, Vanillezucker und Eigelb vermischten Quark und in die dritte die mit Rum und weicher Butter verrührte Schokolade.
Die Tortenform mit Pfannkuchen füllen, die abwechselnd mit Haselnüssen, Quark oder Schokolade bestrichen werden. Den Abschluß bildet ein Pfannkuchen.
Das Eiweiß mit dem restlichen Zucker steif schlagen und den obersten Pfannkuchen damit bestreichen.
Die Torte bei 180–200 °C etwa 10 Minuten im Ofen backen und warm oder kalt servieren.

Flambierte Kirschpfannkuchen

1 Rezept Pfannkuchen (Seite 33), mit Zimt, Nelke und 1 EL Rum verfeinert,
Fett für die Pfanne,
600 g entsteinte Kirschen,
Puderzucker, 10 cl Kirschwasser

Den Pfannkuchenteig verrühren und stehen lassen. Das geschlagene Eiweiß erst kurz vor dem Backen hineinrühren. Einen Schöpflöffel Teig in die eingefettete Pfanne geben, mit Kirschen gleichmäßig belegen und mit einer neuen Schicht Teig bedecken. Wenn die Ränder goldgelb werden, den Pfannkuchen vorsichtig wenden, auf der anderen Seite goldgelb backen und zusammenfalten. Auf eine vorgewärmte Platte gleiten lassen und warm halten. Wenn die Pfannkuchen alle gebacken sind, mit Puderzucker bestäuben und mit dem Kirschwasser übergießen, anzünden und brennend auftragen. Traditionell wird der Pfannkuchen zwar nicht flambiert, aber so schmeckt er noch besser.

Abwandlungen

Marillenpfannkuchen: Mit 600 g entsteinten Marillen.
Heidelbeerpfannkuchen: Mit 600 g Heidelbeeren.
Ananaspfannkuchen: Mit 2 Scheiben Ananas (gewürfelt) pro Kuchen und mit flüssiger Orangenmarmelade übergossen.
Rhabarberpfannkuchen: Mit 500 g gedünstetem, gut abgetropftem Rhabarber und Erdbeerkonfitüre zum Bestreichen.

Tip

Die Früchte immer gut abtropfen lassen und den Teig mit weniger Milch verrühren.

Honigpfannkuchen mit Melone und Sharonfrüchten

Foto

1 Rezept Pfannkuchen (Seite 33), mit 1 EL Honig, etwas Zimt und Nelke verfeinert

Für die Füllung
2 EL Pistazien,
1 TL Butter, 2 EL Honig,
250 g Sahnequark, 1 Päckchen Vanillezucker, 2 EL Zucker,
ein paar Spritzer Zitronensaft,
½ Honigmelone, Kugeln ausgestochen, 4 Sharonfrüchte, in Scheiben geschnitten.

Den Teig nach Grundrezept zubereiten mit Honig und Gewürzen verfeinern und ruhen lassen. Daraus mittelgroße Pfannkuchen backen und warm halten.
Die Hälfte der Pistazien grob hacken und mit der Butter und dem erwärmten, flüssigen Honig vermischen. Die Pfannkuchen damit bestreichen. Quark mit Vanillezucker, Zucker und Zitronensaft verrühren. Die Pfannkuchen damit belegen und zusammenklappen. Mit Melonenkugeln und den Sharonfrüchten garnieren. Mit den restlichen Pistazien bestreut servieren.

Wiener Palatschinken

1 Rezept Palatschinken (rechts)

Für die Füllung von 8 Pfannkuchen
125 g Aprikosenkonfitüre,
2 EL Kirschwasser

Butter für die Form,
Puderzucker

Die Palatschinken zubereiten, hellgelb backen und warm halten.
Die erwärmte Konfitüre mit dem Kirschwasser verrühren und auf die Palatschinken streichen.
Die Kuchen zusammenrollen, in einer gut gebutterten Form nebeneinanderreihen und, mit Puderzucker bestreut, kurz im vorgeheizten Backofen karamelisieren lassen.
Serviervorschlag: Auf vorgewärmten Tellern mit etwas Schlagsahne servieren.

Powidlpalatschinken

1 Rezept Palatschinken (rechts), mit 2 EL Ouzo oder Anislikör verfeinert

Für die Füllung
Pflaumenmus,
¼ l geschlagene Sahne

Puderzucker

Aus dem mit Ouzo verfeinerten Teig mittelgroße Palatschinken backen. Mit Pflaumenmus und Schlagsahne bestreichen, zusammenfalten und, mit Puderzucker bestreut, servieren.

Kirschpalatschinken mit Mandeln

Palatschinken
200 g Mehl, 5 Eigelb,
1 Msp Salz,
400 ml Milch,
1–2 cl Kirschwasser,
4 Eiweiß,
1 EL zerlassene Butter

Für die Füllung von 8 Pfannkuchen
125 g Kirschkonfitüre,
2–3 EL Kirschwasser

1 TL Butter für die Platte,
Puderzucker,
4 EL Mandeln

Das Mehl in eine Schüssel sieben und in die Mitte eine Mulde drücken. Eigelb, Salz und etwas Milch hineingeben und zu einem festen Brei verrühren. Mit der restlichen Milch zu einem dickflüssigen Teig rühren, mit Kirschwasser aromatisieren. Zuletzt den steifen Eischnee unterziehen. Den Teig ruhen lassen und daraus nacheinander in der Butter mittelgroße, hellgelbe Pfannkuchen backen und warm halten.
Die leicht erwärmte Konfitüre mit Kirschwasser verrühren. Die Palatschinken damit bestreichen, zusammenrollen und auf eine gebutterte und vorgewärmte, feuerfeste Platte legen. Mit Puderzucker bestreuen und kurz unter dem Grill glasieren. Die Mandeln hellgelb rösten und darauf verteilen.
Serviervorschlag: Die Palatschinken auf den Tellern mit geeister Sahnesauce (Seite 89) umranden.

Abwandlungen
Apfelpalatschinken: Calvados, Apfelgelee und Haselnüsse.
Himbeerpalatschinken: Himbeergeist, Himbeerkonfitüre und Pistazien.
Orangenpalatschinken: Orangenwasser, Orangenmarmelade, Sesamkerne.

Pfannkuchenwickel mit Portwein-Mandarinen

1 Rezept Pfannkuchen (Seite 33)

Für die Füllung
2 Dosen Mandarinenspalten,
15 cl Portwein,
1 EL Zucker,
1 unbehandelte Orange

Zum Verzieren
Puderzucker,
3 EL gehackte, geröstete Haselnüsse

Den Teig zubereiten und ruhen lassen. Die Mandarinen über einem Sieb abtropfen lassen und mit etwas Portwein übergießen. Den Sirup mit dem restlichen Portwein, dem Zucker, dem Saft der ganzen und der geriebenen Schale der halben Orange vermischen und einkochen lassen.
Die Pfannkuchen backen und warm halten.
Die Mandarinenspalten abtropfen lassen, mit Sirup vermischen und auf den Pfannkuchen verteilen. Zusammenrollen und, mit Puderzucker bestäubt und mit gehackten Nüssen bestreut, servieren.
Serviervorschlag: Nach Geschmack Schokoladensauce (Seite 89) dazu reichen.

Kaiserschmarrn mit Pinienkernen und Rosinen

150 g Mehl,
5 Eier,
1 Prise Salz,
ca. ¼ l Wasser,
75 g Rosinen,
1 cl Rum,
Butter für die Pfanne,
1–2 EL Pinienkerne,
100 g Puderzucker

Mehl, Eier, Salz und Wasser zu einem dünnflüssigen Teig verrühren und mindestens 1 Stunde ruhen lassen. Inzwischen die Rosinen verlesen und in Rum einweichen.
Butter in der Pfanne erhitzen, den ganzen Teig auf einmal hineingießen und Rosinen und Pinienkerne darüber verteilen. Die Pfanne zudecken und den Pfannkuchen etwa 4 Minuten backen. Wenn er unten goldgelb ist, wenden und mit zwei Löffeln zerpflücken. Reichlich mit Puderzucker bestreuen und gleich servieren.
Serviervorschlag: Nach Geschmack Vanillesauce dazu reichen.

Tip
Die Pfanne beim Wenden nochmals gut einfetten.

Abwandlungen
Linzer Schmarrn: Apfel- und Birnenstücke mit Rosinen in den Teig rühren.
Winterschmarrn: Kleingehackte, eingeweichte Trockenfrüchte (Aprikosen, Backpflaumen, Birnen) und Walnüsse in den Teig geben.

Holunderküchlein

125 g Mehl, 3 Eier,
1 Prise Salz, 1 TL Zucker,
⅛ l Milch, ⅛ l Wasser,
12 Holunderdolden,
Öl zum Ausbacken,
Zucker zum Bestreuen

Den Teig wie im Grundrezept (Seite 33) dargestellt zubereiten und ruhen lassen. Die Dolden gründlich waschen und abtropfen lassen. Das Öl in der Pfanne (oder in der Friteuse) erhitzen. Die Dolden in den Teig eintauchen, dann in das Öl geben und goldgelb backen. Auf Küchenpapier ab-

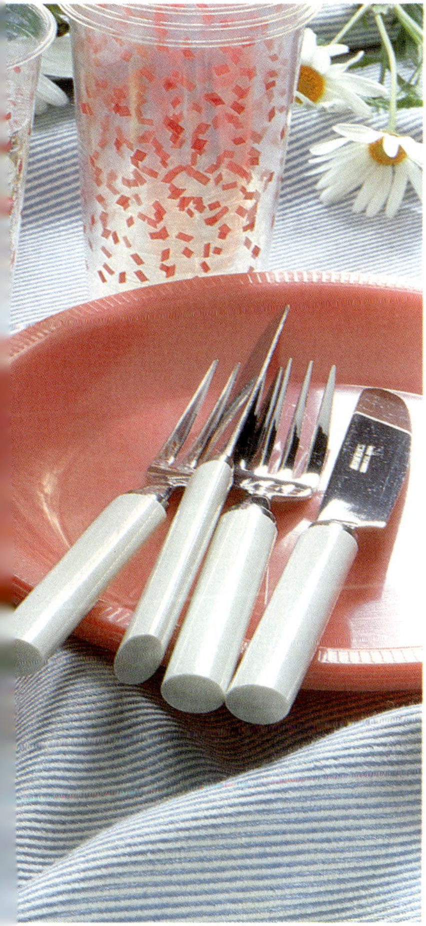

tropfen lassen. Die Stiele mit der Küchenschere abschneiden und die Küchlein, mit Zucker bestreut, gleich servieren.

Abwandlung

Akazienküchlein: Mit Akazienblüten statt Holunderdolden zubereiten.

Pfannkuchen mit Ingwer-Bananen

Foto

1 Rezept Sahnepfannkuchen (Seite 34)

Für die Füllung
4 EL Butter,
2 EL gestiftelte Mandeln,
8 kleine Bananen,
3 EL Honig,
2 Ingwerwurzeln (in Sirup), klein geschnitten

Die Pfannkuchen zubereiten und warm halten.
2 EL Butter in der Pfanne erhitzen, 1 EL Mandeln darin bräunen, beiseite stellen. Restliche Mandeln und Bananen hineingeben, leicht anrösten. Die Hitze verringern, die restliche Butter und anschließend den Honig und die Ingwerstückchen dazugeben und mit den Bananen gut vermischen. Die Pfannkuchen mit der Füllung belegen, zusammenrollen und, mit Mandeln bestreut, servieren.
Serviervorschlag: Dazu paßt Vanillecreme (Seite 91).

Abwandlungen

Honig-Feigen-Pfannkuchen: Statt Bananen 12 kleine, geschälte, gewürfelte Feigen in die Pfanne geben und mit 2 EL Honig und 1 EL Portwein vermischen. Die Pfannkuchen hübsch falten und mit einer Haube leicht gesüßter Vanille-Sahne-Sauce (Seite 88) reichen.
Pfannkuchen mit Ananas: Statt Banane eine kleine Dose gut abgetropfte Ananaswürfel in der Pfanne erhitzen. Zubereiten, wie oben beschrieben.

Schlesische Pfannkuchentorte

1 Rezept Hefepfannkuchen (Seite 34),
¼ l Schlagsahne,
2 EL Zucker,
1–2 Tropfen Zitronensaft,
5 EL Butter,
2 EL Zucker

Den Teig nach Rezept zubereiten und ruhen lassen.
Die Sahne steif schlagen und mit Zukker und Zitronensaft verfeinern.
Die Plinsen mit etwa 2 EL Butter in der heißen Pfanne auf beiden Seiten goldgelb backen. Mit Sahne bestreichen und auf einer großen Tortenplatte aufeinanderschichten, wobei eine Plinse den Abschluß bildet.
Restliche Butter zerlassen, die Pfannkuchentorte mit Zucker bestreuen, mit brauner Butter übergießen und zu Tisch bringen.

Pfannkuchentorte mit Haselnußschokolade

1 Rezept Pfannkuchen(Seite 33)

Für die Füllung
100 g Bitterschokolade, zerbröckelt,
¼ l Milch, 1 EL Mehl,
1 Eigelb
3 EL grob zerstoßene Haselnüsse

Butter für die Form und die Garnierung,
Puderzucker, mit etwas Kakaopulver vermischt, zum Bestreuen,
¼ l Schlagsahne, leicht gesüßt

Die Pfannkuchen nach Grundrezept backen.
Schokolade in Milch schmelzen lassen, Mehl hineinrühren und die Mischung kurz zum Kochen bringen. Von der Platte nehmen, Eigelb damit vermischen. Haselnüsse darunterrühren und das Ganze bei milder Hitze eindicken lassen.
Eine Kuchenform mit Butter bestreichen. Einen Pfannkuchen hineingeben, mit Schokoladencreme bestreichen und mit dem nächsten bedecken, mit einem Pfannkuchen abschließen lassen. Diesen mit Butterflöckchen garnieren und mit Kakaopulver vermischtem Puderzucker bestreuen. Mit Alufolie bedeckt etwa 20 Minuten bei ca. 200 °C backen. Den Kuchen heiß oder kalt mit nur leicht gesüßter, geschlagener Sahne servieren.

Süßer Pfannkuchenauflauf

1 Rezept Pfannkuchen (Seite 33),
Fett für die Form, 375 ml süße Sahne,
3 Eier, 1 davon getrennt, 1 EL Zucker,
1 EL gehackte Mandeln,
1 EL Zitronat, 1 EL Orangeat,
1–2 EL Rosenwasser, 1 EL Rosinen

Die Pfannkuchen backen, zusammenrollen, in dicke Streifen (wie Bandnudeln) schneiden und in einer gut eingefetteten feuerfesten Form verteilen.
Die Sahne mit 2 Eiern und einem Dotter verrühren. Das Eiweiß zu steifem Schnee schlagen und mit den übrigen Zutaten in die Sahnemasse geben. Alles gut vermischen und auf den Pfann-

kuchenstreifen verteilen. Den Auflauf bei ca. 220 °C backen, bis die Oberfläche goldgelb wird.
Serviervorschlag: Mit einer Obstsauce übergossen oder mit Zimt und Zucker bestreut servieren.

Omas Reis-Pfannkuchentorte

1 Rezept Pfannkuchen (Seite 33),
2½ Tassen Milch, 1 Tasse Milchreis,
1 Msp Salz, 75 g Zucker,
3 Eigelb,
1 Päckchen Vanillezucker,
2 EL Kirschkonfitüre,
2 Tropfen roter Farbstoff,
2 EL geriebene Schokolade,
Butter für die Form, Vanillesauce

Die Pfannkuchen nach Grundrezept backen und beiseite stellen.
Die Milch zum Kochen bringen, den gewaschenen Reis hineingeben. Nach dem ersten Aufwallen die Hitze verringern, Salz und Zucker darunterrühren und bei milder Hitze garen. Von der Platte nehmen und mit dem Eigelb verrühren. Die Milchreismasse in drei Teile trennen. Den ersten mit Vanillezucker verfeinern, den zweiten mit Kirschkonfitüre und rotem Farbstoff und den dritten mit Schokolade.
Die Pfannkuchen in eine gebutterte Form geben und jede Schicht mit einer der verschiedenen Reismassen bestreichen. Mit einem Pfannkuchen abschließen und die Form, mit Alufolie bedeckt, bei 180–200 °C etwa 15 Minuten backen. Auf eine Tortenplatte stürzen und mit Vanillesauce servieren.

Salzige Pfannkuchen

Überbackene Pfannkuchen mit Kalbfleischfüllung

1 Rezept Pfannkuchen (Seite 33)

Für die Füllung
400 g Kalbsgehacktes,
50 g roher Schinken, in Streifen geschnitten, 1 Ei,
1 eingeweichtes Brötchen,
1 Msp Muskatnuß,
½ TL Rosenpaprika, Kapern

Fett für die Form

Für die Eiermilch
3 Eier, ¼ l Milch, ¼ l Sauerrahm,
1 EL feingehackter Dill, Salz, Pfeffer

Aus dem nach Grundrezept zubereiteten Teig große, nicht zu dünne Pfannkuchen einseitig backen und warm halten.
Das Hackfleisch mit den übrigen Zutaten für die Füllung gut vermischen. Die Pfannkuchen damit füllen, zusammenrollen und in zweifingerdicke Stücke schneiden. Die Stücke senkrecht in eine gefettete Form geben. Eier mit Milch, Sauerrahm und Dill verrühren, leicht salzen und pfeffern und über die Pfannkuchen gießen. Im vorgeheizten Ofen etwa 20 Minuten bei ca. 220 °C backen. Damit es nicht anbrennt, mit Alufolie bedecken.
Serviervorschlag: Sofort servieren und grünen Salat oder Gurkensalat dazu reichen.

Pfannkuchen Bolognese

Foto

1 Rezept Pfannkuchen (Seite 33)

Für die Füllung
400 g Hackfleisch,
50 g roher Schinken, gewürfelt,
2 Zwiebeln, fein gehackt,
2 Knoblauchzehen,
1 EL Rosenpaprika,
1 Msp Majoran, 2 Eier,
Butter und Olivenöl
zum Bestreichen

1 Rezept italienische Tomatensauce (Seite 93)

Die Pfannkuchen nach Grundrezept backen und warm halten.

Das Hackfleisch mit den übrigen Zutaten für die Füllung zu einer geschmeidigen Masse vermengen und auf die Pfannkuchen verteilen. Die Ränder zur Mitte hin falten und die Pfannkuchen in eine feuerfeste Form geben. Mit Butter und Olivenöl bestreichen und bei 200–220 °C etwa 15 Minuten backen.

Die Pfannkuchen anrichten und die Sauce getrennt dazu reichen.

Serviervorschlag: Knackigen Salat oder frisch gedünstetes Kleingemüse dazu reichen.

Pfannkuchen mit Kalbsleber und Steinpilzen

1 Rezept Pfannkuchen (Seite 33)

Für die Füllung
50 g Butter,
1 Scheibe geräucherter Speck, gewürfelt,
1 Schalotte, gehackt,
1 Zweiglein Rosmarin, gehackt,
1 Knoblauchzehe, kleingeschnitten,
4 frische Salbeiblätter, gehackt,
150 g Steinpilze, in Scheibchen geschnitten,
½ Glas herber Weißwein,
1 EL Senf, Salz, Pfeffer,
2 Scheiben Kalbsleber, in Streifen geschnitten,
1 EL Öl

Salbeiblätter zum Verzieren

Die Pfannkuchen nach Grundrezept backen und warm halten.
20 g Butter in einer Kasserolle erhitzen und den Speck darin glasig werden lassen. Schalotte, Rosmarin, Knoblauch, Salbei und Pilze hineingeben und bei milder Hitze braten. Weißwein mit Senf verrühren, darübergießen und das Ganze noch ein paar Minuten dünsten lassen. Salzen, pfeffern und mit 10 g Butter verfeinern.
Die Leber bei starker Hitze in 20 g Butter und 1 EL Öl von allen Seiten kurz anbraten; sie soll innen rosig bleiben. Von der Platte nehmen, das Fett weggießen und die Leber mit den Pilzen vermischen. Die Pfannkuchen mit zwei Drittel der Pilzmischung füllen, zusammenrollen und sofort auf vorgewärmte Teller geben. Mit der restlichen Füllung und ein paar Salbeiblättern verzieren.

Abwandlungen

▷ Leber und Pilze pürieren und auf die Pfannkuchen geben. Die gerollten Pfannkuchen in einer Form mit Sahne übergießen, mit Käse bestreuen und kurz im vorgeheizten Backofen gratinieren.
▷ Mit Putenfleisch (1 großes Putenschnitzel) statt Leber und Champignons statt Steinpilzen zubereiten.

Pfannkuchentaschen Bäuerin

1 Rezept Hefepfannkuchen (Seite 34)

Pro Pfannkuchen
1 Ei, Pfeffer, 1 EL Küchenkräuter,
1 EL gedünstete Erbsen,
1 Scheibe Schinken,
1 EL geriebener Käse,
zerlassene Butter

Die Pfannkuchen nach Rezept auf einer Seite backen und wenden. Ein Ei darauf schlagen und mit der Gabel verteilen. Leicht pfeffern und mit Kräutern bestreuen. Wenn das Ei zu stokken beginnt, die Erbsen in die Mitte geben und den Schinken darüberlegen und die Ränder des Kuchens zur Mitte hin zusammenschlagen. Die Pfannkuchen mit Käse bestreuen, überbacken, mit zerlassener Butter übergießen und gleich servieren.

Speckpfannkuchen

1 Rezept Pfannkuchen (Seite 33),
2 Zwiebeln,
1 EL Butter,
1 Speckschwarte zum Ausbacken,
16 Scheiben durchwachsener Räucherspeck,
2 EL Schnittlauch zum Bestreuen

Den Teig nach Rezept zubereiten und ruhen lassen.
Die Zwiebeln in Ringe schneiden, in Butter rösten und griffbereit stellen.
Die Pfanne mit der Speckschwarte ausreiben, mit 4 Scheiben Speck und einigen Zwiebelringen belegen und mit Teig übergießen. Wenn die Pfannkuchenränder bräunlich werden, wenden und auf der anderen Seite fertigbacken. Nacheinander auch die anderen Pfannkuchen ebenso backen, jeweils mit etwas Schnittlauch bestreuen und gleich servieren.

Schnittlauchpfannkuchen

1 Rezept Pfannkuchen (Seite 33)

Pro Pfannkuchen
1 EL Schnittlauch,
2 EL Butter zum Ausbacken,
1 EL Sauerrahm

Den Teig nach Grundrezept zubereiten und ruhen lassen.
Den Schnittlauch klein schneiden. Butter in der Pfanne erhitzen, Schnittlauch darin anbraten und mit Pfannkuchenteig begießen. Wenn die Kuchenränder bräunlich werden, wenden und auf der anderen Seite fertigbacken.
Nacheinander auch die anderen Pfannkuchen backen, jeweils mit Sauerrahm bestreichen und zusammengefaltet auftragen.
Serviervorschlag: Dazu frischen Salat und Schinken reichen.

Abwandlungen
- In der Pfanne Borretsch, Sauerampfer, Petersilie, Kerbel oder gehackten Blattspinat anbraten.

Pfannkuchen provenzalisch: Pro Pfannkuchen 1 EL provenzalische Kräutermischung verwenden und in 1 EL Olivenöl braten.

Parmesanpfannkuchen

1 Rezept Pfannkuchen (Seite 33),
2 EL geriebener Parmesan,
1 EL Olivenöl,
250 g gedünstete Gemüsemischung (Tomaten, Zucchini, Paprika, Fenchel, Brokkoli),
2–3 EL zerlassene Butter

Den Teig nach Grundrezept zubereiten und ruhen lassen. Vor dem Backen Käse und Olivenöl hineinrühren. Die Pfannkuchen nacheinander auf beiden Seiten backen. Mit etwas Gemüsefüllung belegen, zusammenfalten und mit zerlassener Butter übergießen. Heiß als Beilage zu Fleisch servieren.

Pfannkuchenwickel mit Zwiebeln

1 Rezept Pfannkuchen (Seite 33), mit ¼ Päckchen Backpulver zubereitet,
6 kleine Zwiebeln,
Butter zum Anbraten,
1 Msp Rosmarinpulver,
Muskatnuß

Für die Füllung
4 trockene Brötchen,
½ l heiße Milch,
6 hartgekochte Eier,
2 EL Sauerrahm,
1 Handvoll Küchenkräuter, fein gehackt, Salz, Pfeffer

1–2 EL Schmalz,
1–2 EL Butter für die Form und zum Bestreichen,
3 EL Semmelbrösel zum Bestreuen

Den Teig zubereiten und ruhen lassen. Die Zwiebeln fein schneiden und in einer Pfanne mit Butter glasig anbraten. Leicht mit Rosmarinpulver und Muskatnuß bestäuben und anschließend 2 EL davon mit dem Pfannkuchenteig vermischen.
Die Brötchen mit Milch übergießen und einweichen. Die Eier schälen, zerdrücken und mit den ausgepreßten Brötchen, dem Sauerrahm, den restlichen Zwiebeln und den Kräutern zu einer glatten Paste verrühren. Salzen und pfeffern.
Die Pfannkuchen (unter häufigem Umrühren des Restteiges) nacheinander in der Pfanne mit Schmalz auf beiden Seiten goldgelb backen. Mit Eiermasse füllen, eng zusammenrollen und in eine gut eingefettete Form geben. Mit Butter bestreichen, mit Semmelbröseln bestreuen und im vorgeheizten Backofen kurz gratinieren.
Serviervorschlag: Sauerrahm oder Sahnejoghurt dazu reichen.

Überbackene Pfannkuchen mit Kürbis süß-sauer

1 Rezept Pfannkuchen (Seite 33), mit ¼ Päckchen Backpulver zubereitet

Für die Füllung
400 g abgetropfter Kürbis süß-sauer,
Pfeffer, ¼ l Crème fraîche

Fett für die Form,
3 EL Crème fraîche,
50 g geriebener Parmesan,
1 EL zerlassene Butter

8 Pfannkuchen nach Grundrezept backen und warm halten.
Den Kürbis gut abtropfen lassen, leicht pfeffern und mit Crème fraîche vermischen. Die Pfannkuchen füllen, rollen und auf eine feuerfeste, gut eingefettete Form legen.
3 EL Crème fraîche mit dem Parmesan vermengen. Die Pfannkuchen mit der Käsemischung bestreichen, mit zerlassener Butter beträufeln, im Backofen bei 200–220 °C überbacken und sofort servieren.

Tip
Ein ganz apartes Rezept aus Großmutters Zeiten, wo man süß und salzig gern beisammen hatte. Damit es richtig schmeckt, darf weder das Süße noch das Salzige überbetont sein!

Pfannkuchen mit Spinatfüllung

Foto

1 Rezept Pfannkuchen (Seite 33)

Für die Füllung
4 Sardellenfilets, klein gehackt,
1 EL Olivenöl,
100 g Krabben,
2 EL Butter,
650 g Blattspinat, verlesen und entstielt, Salz, Pfeffer,
1 Eigelb,
8 gehackte schwarze Oliven

Fett für die Form,
1 EL Butter für die Flöckchen,
Parmesan zum Bestreuen

8 Pfannkuchen nach Grundrezept backen und warm halten.
Die Sardellen in das erhitzte Olivenöl geben und kurz schmoren lassen. Krabben und Butter hinzufügen und, wenn die Butter geschmolzen ist, Spinat hinzusetzen. Bei offenem Topf unter häufigem Rühren kurz garen. Nach 3 Minuten von der Platte nehmen und gut auspressen. Salzen, pfeffern und das Eigelb mit den Oliven darunterrühren. Die Pfannkuchen mit der Füllung belegen und zusammenklappen. Oder: rollen und in einer eingefetteten Form eng nebeneinanderlegen. Mit Butterflöckchen und etwas Parmesan bestreut kurz im Backofen erhitzen.
Serviervorschlag: Geriebenen Käse dazu reichen.

Abwandlung

Den Spinat mit Quark, Béchamelsauce (Seite 93) oder Zwiebeln vermengen.

Es muß nicht immer feines Weizenmehl sein ...

..., denn leckere Küchlein, Flädle und Pfannkuchen können aus den verschiedensten Mehlsorten und auch aus Kartoffeln, Bohnen oder Erbsen entstehen!

Süße Kichererbsenpfannkuchen

Panissa

125 g Kichererbsenmehl,
25 g Weizenmehl, 1 EL Öl, 2 Eier,
¼ l Wasser, Salz, 1 EL Honig,
Öl für die Pfanne,
Karamelsauce (Fertigprodukt),
Schlagsahne

Mehl mit Öl und Eiern verrühren, mit Wasser auf die gewünschte Konsistenz verdünnen und ruhen lassen. Den Teig vor dem Backen salzen und mit etwas Honig abschmecken. In der Pfanne mit heißem Öl kleinere Kuchen auf beiden Seiten goldgelb backen. Mit Karamelsauce bestreichen, auf Viertel falten und, mit einer Haube Schlagsahne verziert, servieren.
Serviervorschlag: Die traditionellen Panissa werden ohne Zucker gebakken und einfach aus der Hand gegessen. Sie schmecken aber mit süßem oder salzigem Belag noch besser! Wie Pfannkuchen füllen und bestreichen. Besonders gut passen Kräuter, Gewürze und Gemüsesorten des Mittelmeerraums dazu.

Zarte Haferpfannkuchen

½ l Milch, 125 g Haferflocken,
3 Eier, getrennt,
1 EL grobgehackte Haselnüsse,
1 Msp Salz, Butter für die Pfanne

Milch zum Kochen bringen, Haferflokken damit übergießen und etwa 45 Minuten quellen lassen. Unmittelbar vor dem Backen Eigelb, Haselnüsse und Salz unterrühren, zuletzt das steifgeschlagene Eiweiß vorsichtig unter die Masse heben. Butter in der Pfanne erhitzen und kleine Pfannkuchen aus dem Teig backen.
Serviervorschlag: Als Nachtisch, mit Zimt und Zucker bestreut, zu Kompott reichen, oder als Beilage zu Wild und Geflügel servieren.

Abwandlung
Haferschmarrn: Apfelstückchen und Rosinen in den Teig (etwas weniger Milch zusetzen) geben und backen.

Roggen-Quark-Küchlein

125 g Roggenmehl,
100 g Quark,
2 Eier, ¼ l Milch, 2 EL Ahornsirup,
1 Msp Salz, Butter für die Pfanne

Mehl mit Quark und Eiern verrühren. Mit Milch verdünnen, mit Ahornsirup und Salz würzen. Aus dem Teig kleinere Küchlein in der gebutterten, heißen Pfanne auf beiden Seiten goldgelb backen.
Serviervorschlag: Mit Ahornsirup bestreichen und gleich essen.

Puffreispfannkuchen

5 Eier, 1 Päckchen Vanillezucker,
2 EL Mehl, 1 Päckchen Backpulver,
1 EL Milch, 1 EL Öl, 1 Msp Salz,
5 EL Puffreis (Crispies),
Butter für die Pfanne

Eier mit Vanillezucker, Mehl, Backpulver, Milch, Öl und Salz glatt verrühren und an einem warmen Ort ruhen lassen. Kurz vor dem Backen die Puffreiskörnchen dazugeben. In der gebutterten Pfanne aus dem Teig kleine Pfannkuchen auf beiden Seiten goldgelb backen und gleich servieren.
Serviervorschlag: Mit Zucker bestreuen.

Überbackene Hirsepfannkuchen mit Mohnfüllung

100 g Hirse, gemahlen,
50 g Weizenmehl,
½ Päckchen Backpulver,
2 Eier, 1 Msp Salz,
1 TL Zucker, ¼ l Milch

Für die Füllung
125 g Mohn, gemahlen,
¼ l Milch,
1 EL Mehl,
50 g Zucker,
2 EL Rosinen,
1 geriebener Apfel,
¼ TL geriebene Zitronenschale,
2 Eiweiß

Butter zum Backen und für die Form,
½ l Vanillesauce (Seite 88),
1 EL zerlassene Butter

Hirse mit Weizenmehl und Backpulver vermischen. Eier mit Salz und Zucker in die Mehlmischung geben und unter Zugabe von lauwarmer Milch langsam zu einem dünnflüssigen Teig verrühren. Mindestens 1 Stunde an einem warmen Ort ruhen lassen.
In der Zwischenzeit den Mohn in der Milch bei milder Hitze quellen lassen. Mehl, Zucker, Rosinen, Apfel und Zitronenschale daruntermischen und die Masse von der Feuerstelle nehmen. Etwas abkühlen lassen und mit dem steifgeschlagenen Eiweiß vermengen.
Den Teig vor dem Backen gut durchrühren und, wenn nötig, etwas verdünnen. Daraus in der gebutterten Pfanne kleinere Pfannkuchen auf beiden Seiten goldgelb backen. Mit Mohnfüllung belegen, zusammenrollen und, mit der offenen Seite nach oben, in eine gebutterte Form legen. Vanillesauce darübergießen, so daß sie zur Hälfte bedeckt werden. Die Pfannkuchen mit zerlassener Butter bestreichen und 10 Minuten bei 180 °C in den Ofen schieben. In der Form servieren.

Kanadische Buchweizenpfannkuchen

250 g Buchweizenmehl,
½ Päckchen Backpulver,
¼ l Milch,
2 Eier,
1 Prise Salz,
2 EL Ahornsirup,
¼ l Sauerrahm,
Schmalz oder Öl für die Pfanne,
Ahornsirup zum Bestreichen,
Puderzucker

Buchweizenmehl und Backpulver in einer Schüssel vermischen. In die Mitte Milch, Eier, Salz und Sirup geben. Alles gut vermengen. Den Teig mit Sauerrahm verdünnen und an einem warmen Ort ruhen lassen. Kurz vor dem Backen gut umrühren und in der Pfanne mit Schmalz bei guter Hitze kleine Pfannkuchen daraus backen. Mit Sirup bestreichen, zweimal zusammenklappen und, mit Puderzucker bestreut, servieren.
Serviervorschlag: Heidelbeerkompott dazu reichen.

Süße Bohnenplätzchen mit Feigen

100 g getrocknete weiße Bohnen, gekocht, 50 g Mehl, 100 g Zucker,
3 Eier, getrennt,
1 Tasse Milch, Zimt,
10 eingeweichte Feigen, klein gehackt,
Butter für die Pfanne

Bohnen durch ein Sieb drücken und mit Mehl, Zucker, Eigelb und Milch zu einem festen Teig verrühren. Eiweiß steif schlagen und mit Zimt und Feigen im Teig verteilen. Daraus in der Pfanne mit heißer Butter kleine Pfannkuchen auf beiden Seiten hellgelb backen.
Serviervorschlag: Mit Vanillesauce oder Backobstkompott servieren.

Kartoffel-Palatschinken-Torte

*400 g Pellkartoffeln, 200 g Mehl,
3 Eier, getrennt, Milch, 1 Msp Salz,
1 EL Zucker, Öl für die Pfanne,
Fett für die Form,
1 Glas Aprikosenkonfitüre, erwärmt,
2 EL Puderzucker,
Schokoladenraspel zum Bestreuen*

Die gekochten Kartoffeln schälen, durch ein Sieb streichen und in einer Schüssel mit Mehl und Eigelb gut vermischen. Den Teigkloß langsam mit so viel Milch verdünnen, bis die gewünschte Konsistenz erreicht ist. Eine Prise Salz und etwas Zucker darunterrühren. Eiweiß steif schlagen und hineinrühren. Aus dem Teig kleine Palatschinken von etwa 18 cm Durchmesser backen und warm halten. Die Palatschinken in eine gefettete Form schichten und dabei jeden reichlich mit Konfitüre bestreichen. Den obersten mit Puderzucker bestreuen und die Torte kurz unter den Grill schieben. Mit Schokoladenraspeln bestreuen und gleich auftragen.
Serviervorschlag: Wie eine Torte schneiden und etwas geschlagene Sahne dazu reichen.

Kartoffelschmarrn

*750 g gekochte Kartoffeln,
75 g Mehl, 75 g Grieß,
250 g Topfen oder trockener Quark,
Salz, 2 Eier, 1 Handvoll Rosinen,
verlesen und gewaschen, Muskatnuß,
Fett für die Pfanne*

Die Kartoffeln locker reiben, mit Mehl, Grieß und Quark vermischen. Leicht salzen und anschließend die Eier mit den Rosinen gleichmäßig darunterrühren. Mit etwas Muskatnuß würzen. Den Teig in der Pfanne mit heißem Fett auf der Unterseite bräunen lassen. Wenden, mit zwei Löffeln zerreißen und goldgelb fertig backen.
Serviervorschlag: Mit Zimt und Zucker bestreuen und zu süßem Kompott reichen. Oder geröstete Sesamkörner darübergeben und zu gemischtem Salat servieren.

Abwandlung

Sächsische Quarkkeulchen: Grieß und Muskatnuß weglassen, 2 EL Zukker hinzufügen. Aus dem Teig handgroße, 2 cm dicke Keulchen formen und auf beiden Seiten in der Pfanne backen. Apfelkompott dazu reichen.

Erbsenküchlein Nouvelle Cuisine

*500 g frische Erbsen, gegart,
4 EL Mehl, 3 Eier,
1 Glas Milch,
Salz, Pfeffer,
Muskatnuß,
Fett für die Pfanne,
gehackte Petersilie zum Bestreuen*

400 g Erbsen zermusen und durch ein Sieb streichen. Mit Mehl und Eiern verrühren, dann mit Milch verdünnen. Salzen, pfeffern und mit Muskatnuß abschmecken. Die restlichen Erbsen vorsichtig im Teig verteilen. In der gefetteten Pfanne kleine, flache Küchlein

von etwa 10 cm Durchmesser auf beiden Seiten goldgelb backen. Vorsichtig wenden, sie brechen leicht!
Serviervorschlag: Mit Petersilie bestreut als Beilage zu Fleisch oder Fisch servieren. An fleischlosen Tagen eine kräftige Tomatensauce dazu reichen.

Kartoffelpuffer

Foto

Reiberdatschi

1 kg rohe Kartoffeln,
1 kleine Zwiebel,
2 EL Mehl, 1 Ei, Salz,
1 Prise Kümmel oder Muskatnuß,
Fett für die Pfanne

Die Kartoffeln reiben. Zwiebel klein schneiden und mit Kartoffeln, Mehl und Ei vermischen. Den Teig mit Salz und Kümmel würzen und eßlöffelweise in der Pfanne mit heißem Fett auf beiden Seiten backen.
Serviervorschlag: Die Kartoffelpuffer mit Apfelmus oder Beerenkompott servieren. Sie schmecken aber auch zu frischem Salat oder als Beilage zum Braten.

Tip

Die geriebenen Kartoffeln mit etwas Sauermilch vermischen, damit sie sich nicht verfärben.

Abwandlungen

- ▷ Feingewiegte Kräuter oder gebratene Speckwürfel in den Teig geben.
- ▷ Das Ei durch ⅛ l Sauerrahm ersetzen.

Ungarische Kartoffelpuffer

150 g Mehl, ½ l Buttermilch,
3 rohe Kartoffeln, Salz,
50 g Sonnenblumenkerne,
½ TL geriebene Zitronenschale,
Fett für die Pfanne,
2 EL Sesamsamen

Mehl mit Buttermilch glattrühren. Kartoffeln reiben, Salz, Sonnenblumenkerne und Zitronenschale dazugeben und alles gut vermischen. Den Teig eßlöffelweise in die Pfanne mit heißem Fett geben und kleine Kuchen von beiden Seiten goldgelb backen. Sesam kurz in der Pfanne anrösten und darüberstreuen.
Serviervorschlag: Dazu Kompott aus wilden Beeren reichen.

Abwandlung
Ein paar Küchenkräuter in den Teig geben und die Puffer als Beilage zu Fleisch oder Salat servieren.

Kartoffelplätzchen Gärtnerin

1 Zwiebel,
60 g roher Schinken, gewürfelt,
1 EL Schmalz,
500 g rohe Kartoffeln, ¼ l Milch,
3 Eier, 8 EL Mehl, Salz
2 EL gewiegte Küchenkräuter,
Fett für die Pfanne

Die Zwiebel klein schneiden und mit dem Schinken in Schmalz anbraten. Kartoffeln reiben und mit Milch, Eiern, Mehl und Salz verrühren. Kräuter, Zwiebel und Schinken daruntermischen. Den Teig löffelweise in heißem Fett von beiden Seiten goldgelb bakken.
Serviervorschlag: Zu Kopfsalat servieren.

Bohnenpuffer mit Kümmel

250 g getrocknete schwarze Bohnen, gekocht,
2 EL Mehl, 2 Eier, getrennt,
3 EL Sauerrahm,
1 Tasse Wasser (wenn nötig),
1 Zwiebel, klein gehackt,
1 Knoblauchzehe, klein geschnitten,
Fett für die Pfanne,
1 Scheibe geräucherter Schinken, gewürfelt, 1 Msp Kümmel,
Salz, Pfeffer

Die gut abgetropften Bohnen durch ein Sieb pressen und mit Mehl, Eigelb und Sauerrahm zu einem festen Teig verrühren. Das steifgeschlagene Eiweiß daruntermischen und den Teig, wenn nötig, mit etwas Wasser verdünnen. Zwiebel und Knoblauchzehe in etwas Fett anbraten, den Schinken mit dem Kümmel dazugeben und mit dem Bohnenteig verrühren. Salzen und pfeffern. Daraus kleine, etwa 1 cm dikke Plätzchen auf beiden Seiten hellgelb backen.
Serviervorschlag: Als Beilage zu Lamm auftragen.

Chinesische Reispfannkuchen

100 g Reismehl, 1 Ei,
75 ml Wasser, Fett für die Pfanne

Das Mehl in eine Schüssel geben und eine Mulde in der Mitte bilden. Das Ei hineinschlagen und das Wasser, unter ständigem Rühren, nach und nach dazugeben, bis der Teig dickflüssig wird. Den Teig ruhen lassen. In der gefetteten Pfanne bei milder Hitze aus dem Teig dünne Kuchen auf beiden Seiten backen. Die Kuchen müssen fest werden, aber hell bleiben. Bis zum Gebrauch mit einem feuchten Tuch bedecken.
Serviervorschlag: Herkömmlicherweise werden Reispfannkuchen gefüllt, zusammengerollt und in heißem Öl gebacken (zum Beispiel Frühlingsrollen, rechts).

Abwandlung

Kartoffel-Apfel-Reisrollen: 1 Süßkartoffel (fein gerieben), 1 Apfel (geschält und gewürfelt), 2 EL Honig, 1 EL Rosinen und 1 EL Kokosraspel vermischen, die Pfannkuchen damit belegen, zusammenrollen und in heißem Öl backen. Auf Küchenpapier abtropfen lassen und heiß servieren.

Tips

- Die Pfannkuchen auf einer *Galettière* (aus Frankreich: runde Metallplatte zum Crêpesbacken) backen. Sie werden besonders dünn.
- Reispfannkuchen gibt es bereits fertig im Handel (nach Packungsaufschrift zubereiten).

Frühlingsrollen mit Gemüse und Garnelen

1 Rezept Reispfannkuchen (links)

Für die Füllung
500 g Sojabohnensprossen,
100 g Gurke, in Streifen geschnitten,
100 g Möhren in Streifen geschnitten,
2 chinesische Trockenpilze, eingeweicht,
100 g Garnelen,
2 Frühlingszwiebeln, klein geschnitten,
1 EL Sojasauce,
ein paar Tropfen Sesamöl,
¼ TL geriebener Ingwer,
Salz und Pfeffer

1 Eigelb, Öl zum Ausbacken

Die Pfannkuchen nach Rezept backen und bereitstellen.
Sojabohnen mit Gurken- und Möhrenstreifen in eine Schüssel geben, Pilze klein schneiden und mit den Garnelen und Frühlingszwiebeln hinzufügen. Mit Sojasauce, Sesamöl, Ingwer, Salz und Pfeffer würzen. Die Pfannkuchen mit der Füllung belegen. Die Ränder mit Eigelb bestreichen und die Pfannkuchen zusammenrollen. In heißem Öl goldgelb backen. Auf Küchenpapier gut abtropfen lassen und sofort servieren.

Abwandlung

Nach Geschmack und Jahreszeit die Füllung variieren: Kohl, Paprika, Bambussprossen, Tomaten und Schnittlauch nehmen, die Garnelen durch Schinken, Muscheln oder Hühnerfleisch ersetzen.

Schweizer Kartoffelpfannkuchen

Foto

Kartoffelpfluten

500 g gekochte Kartoffeln,
150 g Mehl,
3 Eier, Salz,
1 Prise Muskatnuß,
500–625 ml Milch,
50–100 g geriebener Käse,
Öl oder Schmalz für die Pfanne,
Semmelbrösel, 50 g Butter

Die erkalteten Kartoffeln stampfen, mit Mehl und Eiern vermischen. Salz und Muskatnuß dazugeben, den Teig mit Milch auf die gewünschte Konsistenz verdünnen und den Käse hineinrühren. Daraus in der Pfanne mit heißem Öl kleine Kuchen von beiden Seiten backen. Semmelbrösel in heißer Butter anbräunen und über die Kartoffelpuffer verteilen.

Serviervorschlag: Zu Salat oder gedämpftem Gemüse, zu Wild oder Schweinebraten reichen.

Tip

Den Teig immer unmittelbar vor der Verwendung zubereiten.

Abwandlungen

▷ Den Teig mit feingewiegten Kräutern (Basilikum, Bohnenkraut, Petersilie, Dill) verfeinern.

▷ Einen Teil der Kartoffeln durch Möhren, Sellerie oder weiße Bohnen (gekocht und püriert) ersetzen.

Maiskorn-Pfannkuchen

1 kleine Dose Mais
(100–150 g Einwaage),
125 g Mehl,
2 Eier, getrennt, ½ TL Salz,
1 EL zerlassene Butter,
Wasser nach Bedarf,
4 EL Öl zum Ausbacken

Die Maiskörner über einem Sieb abtropfen lassen, grob zerkleinern und unter das Mehl mischen. Die ausgelaufene Flüssigkeit beiseite stellen. Eine Mulde im Maiskorn-Mehl bilden, Eigelb mit Salz und Butter hineingeben und mit Maisflüssigkeit und etwas Wasser zu einem festen Teig verarbeiten. Das steifgeschlagene Eiweiß darunterheben und den Teig mit Wasser auf die richtige Konsistenz verdünnen. Daraus in reichlich Fett kleine Pfannkuchen goldgelb backen. Damit die Maiskörner im Teig gut verteilt bleiben, den Restteig während des Backvorgangs öfter umrühren.
Serviervorschlag: Die Maiskorn-Pfannkuchen zu grünem Salat, zu Spargel in Béchamelsauce (Seite 93) oder als Beilage zu Geflügel reichen.

Mexikanische Maispfannkuchen
Tortillas

150 g Maismehl (erhältlich in
Reformhäusern und
Feinkostgeschäften),
¼ TL Salz, 1 Ei,
200 ml Wasser,
Öl für die Pfanne

Das Mehl in eine Schüssel geben. In der Mitte eine Mulde bilden, das Salz mit dem Ei hineingeben und langsam mit dem Mehl verrühren. Mit Wasser nach und nach zur richtigen Konsistenz verdünnen. Die Tortillas in der geölten Pfanne auf beiden Seiten backen.
Serviervorschlag: Mit einer scharfen Tomatensauce bestreichen, zusammenfalten und aus der Hand essen.

Abwandlungen
Überbackene Maispfannkuchen: Mit 100 g geriebenem Käse bestreuen und kurz überbacken.
Milchtortillas: 1 Teil Maismehl, 1 Teil Weizenmehl und 200 ml Milch (statt Wasser). Diese Tortillas sind lockerer und lassen sich gut mit gedämpftem Spinat oder Zucchini füllen.

Maispfannkuchen, mit Schmelzkäse überbacken

8 kleine Tacos (Seite 60),
70 g Butter,
8 Scheiben Paprikaschmelzkäse,
Salz, Pfeffer

Die Tacos (ohne Füllung) nach Rezept zubereiten, mit Butter bestreichen, falten und mit Schmelzkäse belegen. Nach Geschmack leicht salzen und pfeffern und kurz bei 200–220 °C in den Backofen schieben.
Serviervorschlag: Die knusprigen Pfannkuchen als kleine Vorspeise mit Salat oder als Appetithappen auftragen.

Gefüllte Maispfannkuchen

Tacos

75 g Maismehl (erhältlich in Reformhäusern und Feinkostgeschäften), 75 g Weizenmehl, ¼ TL Salz, 1 Ei, 200 ml Milch, Öl für die Pfanne

Für die Füllung
2 Zwiebeln, klein gehackt, 1 EL Öl, 150 g Hackfleisch, 1 Knoblauchzehe, klein geschnitten, 75 g geriebener Käse, Salz, Pfeffer, Chilisauce

Mais- und Weizenmehl in einer Schüssel gut vermischen. Mit Salz, Ei und Milch zu einem dünnflüssigen Teig verrühren. Die Maispfannkuchen in der geölten Pfanne auf beiden Seiten backen und warm stellen.
Zwiebeln im heißen Öl anbraten. Das Hackfleisch mit der Knoblauchzehe dazugeben und durchbraten. 50 g Käse damit vermischen. Salzen, pfeffern und mit etwas Chilisauce nachwürzen. Die Maispfannkuchen füllen, zusammenfalten, mit dem restlichen Käse bestreuen und kurz bei 200–220 °C im Backofen überbacken.
Serviervorschlag: Dazu knackigen Salat und Chilisauce reichen.

Abwandlung

Tacos mit Schinken-Bananen-Curry:
100 g gekochten Schinken (gewürfelt) mit 2 Bananen (in Scheiben geschnitten), 2 EL Sauerrahm, Curry, Safran, Chili, Salz, Pfeffer und ½ EL Senf vermischen und in die Maispfannkuchen geben.

Hirsepfannkuchen mit Auberginen

1 Rezept Pfannkuchen (Seite 33), dabei ⅓ des Mehls durch gekochte Hirse ersetzen

Für die Füllung
2 kleine Auberginen,
1 EL Olivenöl,
Rosmarin,
Origano,
Salz, Pfeffer,

1 EL gehackte Petersilie,
2 Zwiebeln, klein gehackt,
1–2 EL Süßrahmbutter

Den Teig nach Grundrezept zubereiten und ruhen lassen.
Die Auberginen in dünne Scheiben schneiden und im heißen Öl anbraten, mit Rosmarin und Origano bestreuen, salzen, pfeffern und bei mäßiger Hitze kurz garen, sie sollen noch »Biß« haben. Petersilie und Zwiebeln im Teig verteilen und kleine Pfannkuchen auf beiden Seiten goldgelb backen (restlichen Teig häufig umrühren!). Jeden Pfannkuchen mit Auberginen belegen und zum Halbmond zusammenklappen. Mit Butter bestreichen und kurz im Backofen erhitzen.
Serviervorschlag: Die Pfannkuchen als Vorspeise oder als Hauptgericht servieren. Gebratene Tomaten oder italienische Tomatensauce (Seite 93) dazu reichen.

Abwandlung

Die Hirsepfannkuchen mit Tomaten, Paprika, Zucchini oder Blumenkohlröschen füllen.

Pfannkuchen

Französische Buchweizenpfannkuchen

Galettes

In der Bretagne werden Galettes auf runden, flachen Metallplatten, den *Galettières*, besonders dünn und knusprig gebacken. Sie können, wie Crêpes, süß oder salzig gegessen werden. Beilagen mit kräftigem Aroma schmecken besonders gut dazu.

150 g Buchweizenmehl,
1 Ei,
1 TL grobes Salz,
½ l Wasser,
2 EL zerlassenes Schmalz,
Fett für die Pfanne,
zerlassene Butter zum Bestreichen

Mehl in eine Rührschüssel sieben und in der Mitte eine Mulde bilden. Das Ei mit dem Salz und etwas Wasser hineingeben und langsam mit dem Mehl verrühren. Den Teig allmählich mit Wasser bis zur richtigen Konsistenz verdünnen, kräftig schlagen und mindestens 2 Stunden ruhen lassen. Vor dem Backen das Schmalz darunterrühren und noch einmal kräftig schlagen. Die Pfanne einfetten und aus dem Teig hauchdünne Pfannkuchen auf beiden Seiten knusprig backen. Die Pfannkuchen reichlich mit zerlassener Butter bestreichen und gleich servieren.

Abwandlung

Buchweizenpfannkuchen mit Buttermilch statt Wasser zubereiten. Sie werden etwas dicker, aber besonders lokker.

Jahrmarkt-Pfannkuchen

1 Rezept französische Buchweizenpfannkuchen (links),
8 Bratwürste

Die Galettes nach Rezept zubereiten und warm halten. Die Bratwürste scharf anbraten und jede in einen warmen Pfannkuchen hineinrollen.
Serviervorschlag: Auf dem Jahrmarkt ißt man sie einfach aus der Hand. Zu Hause kann man dazu Rosen- oder Grünkohl servieren.

Ostfriesische Buchweizenpfannkuchen

250 g Buchweizenmehl, 3 Eier
⅓ TL Salz, ¼ l schwarzer Kaffee,
ca. ¼ l Wasser,
Schmalz oder Öl für die Pfanne

Buchweizenmehl mit Eiern, Salz und lauwarmem Kaffee gut verrühren, nach und nach Wasser zugeben, bis die richtige Konsistenz erreicht ist, kräftig schlagen und mindestens 2 Stunden quellen lassen. Die Pfanne gut einfetten und die Pfannkuchen auf beiden Seiten knusprig backen.
Serviervorschlag: Mit Rübensirup bestreichen oder Apfel- oder Birnenkraut dazu reichen.

Abwandlungen

- ▷ Speckwürfel in der Pfanne anbraten und den Teig darübergießen.
- ▷ Den Teig mit starkem Tee anstelle von Kaffee und Wasser zubereiten.

Russische Hefepfannkuchen
Blinis

250 g Buchweizenmehl,
¼ l lauwarmes Wasser, 25 g Hefe,
⅛ l lauwarme Milch,
150 g Weizenmehl,
1 Msp Salz, 3 Eier,
Öl für die Pfanne

Buchweizenmehl mit Wasser kräftig schlagen und mindestens 2 Stunden quellen lassen. Die Hefe mit etwas lauwarmer Milch und 1 EL Weizenmehl verrühren und an einem warmen Ort gehen lassen. In der Zwischenzeit das restliche Mehl mit der restlichen Milch, dem Salz und den Eiern verrühren. Den Buchweizenteig dazugeben und die Hefe darunterrühren. Den Teig nochmals hochgehen lassen und daraus in der Pfanne mit Öl kleine Pfannkuchen auf beiden Seiten goldgelb backen.
Herkömmlicherweise werden Blinis gefüllt (zum Beispiel mit geräuchertem Lachs, siehe unten) und noch lauwarm zu Tisch gebracht.

Blinis mit geräuchertem Lachs
Foto

1 Rezept russische Hefepfannkuchen (siehe oben)

Für die Füllung
¼ l Sauerrahm,
100 g geräucherter Lachs, in Streifen geschnitten, 2 EL gehackte Kräuter (Petersilie, Dill, Estragon und Schnittlauch)

Die Blinis nach Rezept zubereiten, mit Rahm bestreichen, Lachsstreifen und Kräuter darüber verteilen, zusammenrollen und noch lauwarm servieren.

Abwandlungen
Blinis mit Kaviar: Die echte russische Variante sieht Kaviar statt Lachs vor.
▷ Auch geräucherte Forelle oder Krustentiere eignen sich hervorragend.

Libanesische Kichererbsenküchlein

250 g gekochte Kichererbsen,
1 EL Öl, 2 EL Sesampaste,
(Tahin, in Reformhäusern),
1–2 EL Zitronensaft,
1 kleine Knoblauchzehe, zerdrückt,
1 TL Kreuzkümmel, 2 Eier,
Salz, Pfeffer,
Öl für die Pfanne

Die Erbsen gut abtropfen lassen, zermusen und mit den übrigen Zutaten gründlich vermischen. In der Pfanne mit heißem Öl aus dem Teig kleine Küchlein auf beiden Seiten hellgelb backen.
Serviervorschlag: Zu frischem Gurken- oder Tomatensalat servieren.

VODKA

Vollkorn-»Pannequets« mit Lauch

1 Rezept Pfannkuchen (Seite 33) aus Vollkornmehl

Für die Füllung
4 große Lauchstengel, 2 EL Butter,
3 EL Geflügelbrühe,
1 EL feingehackte Küchenkräuter,
1 Eigelb, 3 EL Crème fraîche,
Salz, Pfeffer, 1 Msp Muskatnuß

1 Scheibe durchwachsener Speck

8 Pfannkuchen nach Grundrezept zubereiten (evtl. etwas mehr Flüssigkeit zugeben) und warm halten.
Lauch von den grünen Blättern befreien, gründlich waschen, in Ringe schneiden und in heißer Butter anbraten. Die Hitze verringern, die Brühe mit den Kräutern dazugeben und im offenen Topf weich dünsten. Den Lauch mit der Gabel zerdrücken. Von der Feuerstelle nehmen, mit Eigelb und Crème fraîche binden und bei milder Hitze etwas einkochen lassen. Mit Salz, Pfeffer und Muskatnuß abschmecken. Die Pfannkuchen füllen, zusammenrollen und in eine vorgewärmte Form legen. Den Speck in ganz kleine Würfel schneiden, in der Pfanne anrösten und auf die Pfannkuchen verteilen.
Serviervorschlag: Mit Tomatensauce übergießen und heiß servieren.

Abwandlung
Die Pfannkuchen mit Spinat (grob gehackt), Brokkoli oder Blumenkohl (in Röschen getrennt und kurz blanchiert) füllen.

Omeletts

Die einfachste Sache der Welt, aber so zart und delikat! Ein paar Eier, eine Prise Salz, ein Schuß Wasser und ... auch ein wenig Übung. Mehr braucht man nicht dazu.
Ob die Franzosen das Omelett erfunden haben oder nicht, mag dahingestellt bleiben. Wahr ist auf jeden Fall, daß dieses so schlichte Gericht große Köche in aller Welt immer wieder herausgefordert hat, neue Rezepte zu erfinden.

Gewußt wie!

Gute Zutaten vorausgesetzt, kommt es hier tatsächlich auf die Kunst des Backens an. Wer diese Kunst beherrschen möchte, sollte ein paar grundsätzliche Dinge wissen.

Der Teig

Die Eiermasse mit einer Prise Salz und einem Schuß Wasser oder Milch darf nicht zu stark geschlagen werden (Ausnahme: Schaumomelett). Der Eiermasse kann man, wie dem Pfannkuchenteig, Würz- und Geschmackszutaten beimischen. Eine Prise Pfeffer verstärkt den Geschmack.

Die richtigen Mengen
Lieber zwei kleine Omeletts als ein großes backen! Man rechnet im allgemeinen zwei Eier (Größe 4) pro Person oder drei Eier (Größe 2–3) für zwei Personen.
Sollen die Omeletts als Vorspeise oder als Nachtisch gegessen werden, kann man die Mengen verringern, besonders dann, wenn sie gefüllt werden.

Omeletts

Das Backen

Zum Einfetten der Pfanne, die geruchfrei sein und einen glatten Boden haben muß, kann Butter, Schmalz, Margarine oder Öl verwendet werden. Die Wahl des Fettes sollte von der Füllung abhängen. Ein süßes oder ungefülltes Omelett schmeckt mit Butter am allerbesten. Das Fett in der Pfanne erhitzen und, sobald es geschmolzen ist, die ganze Eiermasse hineingeben.
Ein französisches Omelett wird schnell bei starker Hitze, ein deutsches zugedeckt bei mäßiger Hitze gebacken.

Das Servieren

Hier gibt es eine elegante und gar nicht so schwierige Technik: Vorsichtig an der Pfanne rütteln und das Omelett mit einer drehenden Handbewegung so auf eine vorgewärmte Platte gleiten lassen, daß es sich zusammenrollt. Aber auch das Omelett läßt sich in der Pfanne zum Halbmond oder zu einem Viertel zusammenfalten.
Zum Füllen wird das Omelett in der Mitte belegt und dann von beiden Seiten zur Mitte überlappend zusammengeklappt. Man kann es aber auch ungefüllt erst dreifach falten, umdrehen, aufschlitzen und dann füllen. Diese Methode eignet sich gut für Pilze, Kleingemüse oder sämige Füllungen. Die Omeletts können anschließend, mit Käse bestreut, überbacken werden.
Nicht vergessen: Ein Omelett wartet nicht, es muß gleich gegessen werden!

Grundrezepte

Deutsches Omelett

2 Eier, 1 EL Milch, 1 Prise Salz, 1 Prise Pfeffer, 25 g Butter

Die Eier mit Milch, Salz und Pfeffer verquirlen. Die Butter in der Pfanne erhitzen. Die Masse hineingeben, zudecken und bei milder Hitze 2–3 Minuten backen; die Oberseite sollte noch weich und leicht flockig sein. Das fertige Omelett zusammenklappen, auf eine vorgewärmte Platte gleiten lassen und sofort servieren.

Französisches Omelett

35 g Butter, 2 Eier, 1 Prise Salz, 1 Prise Pfeffer

20 g Butter bei guter Hitze in der Pfanne schmelzen lassen. Die Eier mit Salz und Pfeffer in einer Schüssel nicht zu kräftig schlagen und auf einmal in die heiße Pfanne geben. Mit der Gabel den Rand des Omeletts heben, damit es an den Rändern nicht zu schnell bräunt, und mit einer kreisenden Bewegung der Pfanne die Eiermischung gut verteilen. Nach 1 Minute das fertige Omelett zu einem Halbmond oder überlappend zusammenklappen und auf eine vorgewärmte Platte gleiten lassen. Die restliche Butter leicht erwärmen und auf das Omelett verteilen, damit es einen schönen Glanz bekommt.

Tip
Die Eier nicht zu kräftig schlagen und das Omelett rasch bei starker Hitze backen. Es muß unten gut gebräunt und oben noch locker und weich sein.

Abwandlungen

- ▷ 1–2 EL Wasser oder Milch in der Eiermasse lockern das Omelett.
- ▷ Anstelle von Butter können Sie – je nach Beilage – Öl oder sogar Gänseschmalz zum Backen verwenden.

Schaumomelett

2 Eier, getrennt und 1 Eiweiß, 1 Prise Salz, 1 Prise Pfeffer oder 2 EL Zucker (für süße Omeletts), 25 g Butter für die Pfanne

Alle Eiweiß mit dem Salz zu steifem Schnee schlagen. Die Eigelbe mit dem Pfeffer kräftig verquirlen (oder mit dem Zucker zu einer weißlichen Schaummasse schlagen) und mit einem Drittel des Eischnees verrühren. Den restlichen Eischnee vorsichtig darunterheben. Die Butter in der Pfanne erhitzen, die Eimasse hineingeben, zudecken und bei schwacher Hitze backen. Das Omelett zusammenklappen, auf einen vorgewärmten Teller gleiten lassen und sofort servieren.

Süße Omeletts

Honig-Walnuß-Omelett

1 Rezept französisches Omelett (Seite 66),
2 EL Walnüsse, gehackt,
1 EL Honig, erwärmt,
Pfeffer aus der Mühle,
1 EL Butter

Eiermasse nach Grundrezept zubereiten und mit 1 EL der gehackten Walnüsse vermischen. Das Omelett nach Grundrezept backen. Die restlichen Nüsse in einer Teflonpfanne leicht anrösten. Das Omelett mit flüssigem Honig beträufeln, leicht pfeffern und mit den gerösteten Walnüssen bestreuen. Zusammenklappen, mit Butter bestreichen und sofort servieren.

Orangenomelett

3 Eier, getrennt,
1 Prise Salz, 1 TL Zucker,
2 EL Orangensaft,
¼ TL geriebene Orangenschale,
¼ TL geriebene Zitronenschale,
1 Msp Ingwer, 1 EL Butter,
2 EL Orangenmarmelade

Eiweiß mit Salz schaumig schlagen. Die Eidotter mit Zucker, 1 EL Orangensaft und den Würzzutaten vermischen und mit dem Eiweiß verrühren. Die Butter in der Pfanne erhitzen, die Omelettmasse hineingeben. Zugedeckt bei milder Hitze backen. Die Marmelade mit dem restlichen Orangensaft leicht erhitzen und auf das fertige Omelett verteilen. Das Omelett zusammenklappen und auf eine vorgewärmte Platte gleiten lassen.
Serviervorschlag: Mit roher Himbeersauce (Seite 88) servieren. Besonders hübsch sieht das Omelett aus, wenn man es mit einer Spirale aus Orangenschale garniert, die vorher kurz blanchiert wurde.

Abwandlung
Wenn keine Sauce dazu gereicht wird, die Marmelade mit etwas Mandellikör verfeinern und das Omelett mit gerösteten Mandelsplittern bestreuen.

Himbeer-Makronen-Omelett
Für 2 Personen

3 Eier, getrennt,
2 EL süße Sahne,
1 EL Himbeergeist,
1 große Mandelmakrone, zerrieben,
1 Prise Salz, 30 g Butter,
125 g frische Himbeeren, verlesen,
1 EL Puderzucker

Eigelb mit Sahne, Himbeergeist und Makrone cremig verquirlen. Eiweiß mit Salz zu steifem Schnee schlagen und mit der Eigelbmasse gut vermengen. Butter in der Pfanne erhitzen und die Eiermasse hineingeben. Nach 1 Minute mit frischen Himbeeren belegen, zusammenklappen, mit Puderzucker bestreuen und gleich servieren.
Serviervorschlag: Nach Geschmack mit 3 EL erwärmtem Johannisbeergelee umranden.

Abwandlungen

Blaubeeromelett: Mit 125 g Blaubeeren und 1 EL Wodka zubereiten.
Walderdbeeromelett: Mit 125 g Walderdbeeren zubereiten und mit 1 EL gehackten Pistazien bestreuen.
Aprikosenomelett: Mit 6 Aprikosen, halbiert und entkernt, und 1 EL Orangenlikör zubereiten.

Pfirsichomelett

Für 2 Personen

2 Pfirsiche,
1 EL Zitronensaft,
1 Msp Pulverkaffee,
1 TL Aprikosenkonfitüre,
3 Eier,
1 EL Zucker,
1 EL süße Sahne,
2 EL Butter,
1 TL Puderzucker

Pfirsiche schälen, entkernen und fein pürieren. Mit einem Spritzer Zitronensaft und dem Pulverkaffee aromatisieren. Das frische Obstmus bei geringer Hitze mit der Aprikosenkonfitüre einkochen lassen.
Eier mit Zucker und Sahne verquirlen und daraus in jeweils 1 EL heißer Butter 2 Omeletts backen. Jedes Omelett mit Pfirsichmus bestreichen, zusammenfalten, mit dem restlichen Zitronensaft beträufeln, mit Puderzucker bestreuen und im vorgeheizten Backofen kurz glasieren. Auf die vorgewärmten Teller gleiten lassen und sofort servieren.
Serviervorschlag: Eine leichte Schokoladensauce (Seite 89) dazu reichen.

Zuckeromelett

2 Eier, getrennt, 1 EL Zucker,
1 Päckchen Vanillezucker,
1 EL süße Sahne, 1 Msp Salz,
1 EL Butter,
ein paar Tropfen Zitronensaft,
1 TL Puderzucker, 1 TL Hagelzucker

Eigelb mit Zucker, Vanillezucker und Sahne zu einer weißlichen Schaummasse schlagen. Eiweiß mit Salz leicht schaumig schlagen und unter die Eigelbmasse ziehen. Butter in der Pfanne erhitzen, die Eiermasse hineingießen und bei mäßiger Hitze backen. Das fertige Omelett zusammenklappen. Mit Zitronensaft beträufeln, mit Puderzucker bestreuen und bei starker Hitze kurz im Backofen glasieren. Mit Hagelzucker bestreuen und gleich servieren.

Abwandlungen

Himbeeromelett: Das Omelett mit 100 g frischen Himbeeren füllen und überbacken.
Orangenomelett: Das Omelett mit 4 in Butter angebratenen Orangenscheiben belegen und zusammenklappen. Nach Geschmack beim Servieren mit Orangenlikör übergießen.
Tutti-frutti-Omelett: Das Omelett mit frischen Früchten der Saison, leicht gezuckert und abgetropft, füllen und überbacken. Mit dem Saft der Früchte übergießen.

Norwegisches Omelett

Omelette Surprise
Für 6–8 Personen

1 Kastenkuchen (Biskuit- oder Rührteig), 2 EL Mandellikör, 6 Eigelb, 150 g Zucker, 1 Päckchen Vanillezucker, 1–2 Tropfen Zitronenaroma, 8 Eiweiß, 1 Prise Salz, ½ l Vanilleeis, Puderzucker, ⅛ l weißer Rum zum Flambieren

Vom Kuchen der Länge nach 2 Scheiben von etwa 2 cm Dicke abschneiden. Den restlichen Kuchen in dünne, senkrechte Scheiben schneiden. Alle Scheiben mit Mandellikör beträufeln. Eigelb mit Zucker, Vanillezucker und Zitronenaroma schaumig schlagen. Kühl stellen. Eiweiß mit Salz zu steifem Schnee schlagen und ebenfalls kühl stellen. Eine lange Kuchenscheibe mit Vanilleeis bedecken. Die senkrecht geschnittenen Kuchenscheiben schuppenartig darum herum anpressen. Mit der zweiten langen Scheibe bedecken.

Eiweiß und Eigelb miteinander verrühren. Etwa ein Drittel der Masse in den Spritzbeutel mit Sterntülle geben. Mit der restlichen Schaummenge den Kuchen domartig dick bestreichen, mit der Tülle hübsch verzieren. Mit Puderzucker bestreuen und bei 160–180 °C kurz in den Backofen einschieben, bis der Kuchen Farbe annimmt. Den Rum erwärmen und entzünden. Den Kuchen damit übergießen und sofort zu Tisch bringen.

Serviervorschlag: Dazu Orangensauce (Seite 88) oder Rumfrüchte reichen.

Flambiertes Omelettsoufflé mit Kiwis

Foto

4 Eier, getrennt, 4 EL Zucker, 1 Päckchen Vanillezucker, 4 EL Maraschino, 1 Prise Salz, 1 EL Butter, 3 Kiwis, geschält und in Scheiben geschnitten, 1 EL Puderzucker

Eigelb mit Zucker und Vanillezucker so lange kräftig schlagen, bis es schaumig und weißlich wird. Maraschino dazugeben. Eiweiß mit Salz zu steifem Schnee schlagen. Ein Drittel der Menge mit der Eigelbmasse verrühren, dann den Rest vorsichtig darunterheben. Butter in der Pfanne erhitzen und den Rand gut damit einfetten. Die Hälfte der Eiermasse hineingeben und etwa 2 Minuten bei guter Hitze backen. Wenn die Ränder des Omeletts bräunlich werden, die Pfanne von der Platte nehmen und mit Kiwischeiben belegen. Die restliche Eiermasse darübergießen und in den auf 200–220 °C vorgeheizten Ofen schieben, backen, bis die Oberfläche glatt und leicht bräunlich wird. Puderzucker über das Omelett sieben und im Ofen glasieren.

Tip

Für Omelettsoufflés eignen sich besonders gut schöne, längliche Kupferpfannen, in denen man das Gericht gleich servieren kann.

Kanarisches Omelett

1 Banane, 1 EL Butter, 2 Eier,
1 EL süße Sahne, 1 TL Rum,
1 EL Zucker,
1 EL Puderzucker

Die Banane schälen, in Scheiben schneiden und in der Pfanne mit Butter leicht anrösten. Die Eier mit Sahne, Rum und Zucker verquirlen und darübergießen. Bei guter Hitze backen. Das Omelett mit der Gabel mehrmals einstechen und von den Seiten her mit einem Spatel heben. Das fertige Omelett zusammenfalten, auf eine vorgewärmte Platte gleiten lassen und, mit Puderzucker bestreut, servieren.

Abwandlungen
Apfelomelett: 1 Apfel in Scheiben schneiden und anbraten.
Kürbisomelett: 100 g Kürbis, in Scheiben geschnitten, anbraten und den Teig mit Zimt, Nelke und Ingwer verfeinern.
Süßes Möhrenomelett: 1 Möhre in dünne Streifen schneiden, in Butter mit 1 EL Honig und 6 gehackten Walnüssen andünsten und mit Omeletteig übergießen.

Sahneomelett mit Mandeln

Ein ganz feines Rezept!

8 Eier, getrennt,
3 EL Crème fraîche,
2 EL Milch, Salz, Pfeffer,
3 EL Butter,
3 EL Mandelsplitter

Eiweiß zu steifem Schnee schlagen. Crème fraîche unter Zugabe der Milch ebenfalls steif schlagen. Eigelb mit Salz und Pfeffer verquirlen. 2 EL Butter in 4 kleine Pfannen verteilen und bei mäßiger Hitze schmelzen lassen. Die Eigelbmasse in die Pfannen verteilen und, sobald sie stockt, die geschlagene Crème fraîche dazugeben. Zum Schluß das geschlagene Eiweiß hinzufügen. Die Pfanne dabei öfters rütteln, damit nichts kleben bleibt. Die Mandelsplitter in 1 EL Butter rösten, über die Omeletts verteilen und sofort servieren – ein Genuß!

Englisches Gewürzomelett

100 g Rosinen, 50 g Korinthen,
100 g Weißbrot, gerieben,
½ TL Weihnachtsgewürzpulver
(Nelke, Kardamom, Muskat, Zimt),
2 EL Rosenwasser, 1 Msp Salz,
70 g brauner Zucker, 6 Eier,
¼ l süße Sahne, 2 EL Butter,
Hagelzucker zum Bestreuen

Rosinen und Korinthen waschen und in heißem Wasser einweichen. Brotbrösel, Gewürzpulver, Rosenwasser, Salz und braunen Zucker gut vermischen. Die Eier dazugeben und die Masse kräftig schlagen. Mit Sahne verdünnen und ½ Stunde stehen lassen. Daraus in jeweils 1 EL Butter 2 Omeletts zugedeckt 2–3 Minuten bei milder Hitze backen; die Oberfläche sollte noch etwas weich und leicht flockig sein. Zusammenklappen und, mit Hagelzucker bestreut, servieren.

Salzige Omeletts

Quarkomelett mit Pfefferminze

Eine italienische Frittata

2 Eier, getrennt,
2 EL trockener Quark,
Salz, Pfeffer,
2–4 frische Minzeblätter, gehackt,
2 EL Butter

Eiweiß steif schlagen. Eigelb mit dem Quark glattrühren. Salzen, pfeffern und die Minzeblätter untermischen. Das Eiweiß vorsichtig darunterheben und die Masse in der zerlassenen Butter bei milder Hitze zugedeckt backen. Das Omelett auf eine vorgewärmte Platte gleiten lassen und sofort servieren.
Serviervorschlag: Dazu frischen Salat reichen.

Möhrenomelett

250 g Möhren, Salz, 1 Prise Zucker,
¼ l süße Sahne, 1 Eigelb, Pfeffer,
1 Rezept deutsches Omelett aus
8 Eiern (Seite 66), 6 EL Butter,
1 EL feingehackter Kerbel

Möhren schälen und in Salzwasser mit Zucker garen. 1 Möhre in Scheiben schneiden und beiseite stellen, die übrigen mit dem Mixer grob pürieren und warm halten. Die erwärmte Sahne mit dem Eigelb verrühren, salzen, pfeffern und bei milder Hitze einkochen lassen.

Die Omelettmasse nach Grundrezept zubereiten und daraus 4 Omeletts in jeweils 1 EL heißer Butter backen. Mit etwas Möhrenpüree füllen und auf einer vorgewärmten Platte nebeneinander zusammenrollen. Mit Möhrenscheiben garnieren, mit der restlichen, flüssigen Butter begießen und bei 160–180 °C kurz in den Backofen schieben. Mit Sahnesauce übergießen und, mit Kerbel bestreut, servieren.
Serviervorschlag: Werden die Omeletts als Hauptgericht serviert, Erbsen, Blumenkohl oder Sellerie dazu reichen.

Abwandlung

Einen Teil des Möhrenpürees unter die Eiermasse verrühren.

Tomatenomelett mit Basilikum und Ziegenkäse

3 feste Tomaten, 2 EL Butter,
4 Eier, 1 EL Tomatenpüree,
Salz, Pfeffer,
6 frische Basilikumblätter,
fein gehackt, 75 g Ziegenkäse,
zerkrümelt

Tomaten in heißes Wasser eintauchen, abschrecken und abziehen. Anschließend würfeln, entkernen und in 1 EL Butter dünsten. Eier mit Tomatenpüree, Salz und Pfeffer schlagen und daraus mit der restlichen Butter 2 kleine Omeletts backen. Auf eine vorgewärmte Platte gleiten lassen, mit den Tomatenwürfeln garnieren und mit Basilikum und Käse bestreuen.

Omelett mit Geflügelleber

200 g Geflügelleber, Salz,
Pfeffer aus der Mühle,
3 EL Butter,
1 EL Madeira,
2 EL Geflügelbrühe,
1 Rezept deutsches Omelett aus
6–8 Eiern (Seite 66)

Die Geflügelleber in kleine Würfel schneiden, mit Salz und frisch gemahlenem Pfeffer bestreuen und in 1 EL Butter rasch schwenken, damit sie innen noch rosig bleibt. Das Fleisch mit dem Schaumlöffel herausnehmen und warm halten. Den Bratenfond entfetten, mit Madeira übergießen und zur Hälfte einkochen lassen. Dann die Geflügelbrühe dazugeben und die Sauce wieder einkochen lassen. Den Topf von der Platte nehmen und 1 EL weiche Butter hineinschlagen, bis die Sauce sämig wird. Salzen und pfeffern. Die Geflügelleber wieder hineingeben und kurz aufwärmen.
Die Omelettmasse nach Grundrezept zubereiten und daraus 1 Omelett bei milder Hitze und zugedeckt mit der restlichen Butter backen. Zwei Drittel der Geflügelleber mit dem Schöpflöffel herausnehmen und auf der Mitte des Omeletts verteilen. Beide Seiten zur Mitte hin zusammenklappen und das Omelett auf der Servierplatte umdrehen. In der Mitte längs einritzen und das restliche Fleisch darauf verteilen. Die Sauce abschmecken und um das Omelett gießen.
Serviervorschlag: Dazu Kartoffelbrei oder Brokkolipüree servieren.

Estragonomelett

4 Eier,
1 Prise Salz,
1 EL feingehackter, frischer
Estragon, 1 EL Öl,
2 EL Butter

Eier verquirlen, Salz, Estragon und Öl dazugeben und gut vermischen. 1 EL Butter in der Pfanne erhitzen, die Eiermasse hineingeben und bei mäßiger Hitze backen. Das fertige Omelett zusammenklappen. Die restliche Butter schmelzen lassen und darübergießen. Das Omelett auf eine vorgewärmte Platte gleiten lassen und sofort servieren.
Serviervorschlag: Nach Geschmack eine leichte Béchamelsauce (Seite 93) oder eine Sauce Bearnaise dazu reichen.

Abwandlungen

Kräuteromelett: Für ein traditionelles Kräuteromelett zum Estragon in gleicher Menge Petersilie, Schnittlauch und Kerbel zugeben.
Croûtonsomelett: 2 Scheiben in der Pfanne in Butter geröstetes Weißbrot (gewürfelt) mit 1 EL Kräutern mischen und die Omeletts damit füllen.
Käseomelett: Statt Estragon 2 EL geriebenen Emmentaler mit den Eiern verrühren.
Schinkenomelett: Mit 50 g feingehacktem Schinken zubereiten.
Gemüseomelett (Foto): Mit 100 g Gemüse (gekocht und klein geschnitten), zum Beispiel Möhren, Sellerie, Erbsen, Champignons füllen und mit gehacktem Estragon bestreuen.

Chicorée-Omelett
Für 2 Personen

2 Chicoréestauden, 3 EL Butter,
Salz, Pfeffer, 1 Prise Estragon,
½ TL Zitronensaft,
1 EL Crème fraîche, 4 Eier,
1 EL feingehackter Schnittlauch

Die Chicoréestauden putzen, in Ringe schneiden und mit 1 EL Butter dünsten. Leicht salzen und pfeffern. Estragon, Zitronensaft und Crème fraîche damit verrühren und warm stellen. Eier mit Salz und Pfeffer verquirlen, in 1 EL heiße Butter geben und die Pfanne zudecken. Wenn das Omelett unten schon fest ist, das Gemüse darauf verteilen. Das Omelett zusammenklappen und mit der restlichen Butter bestreichen, damit es schön glänzt. Mit Schnittlauch bestreut servieren.
Serviervorschlag: Dazu junge, in Butter geschwenkte Kartoffeln reichen.

Ungarisches Omelett
Für 2 Personen

Für die Sauce
1 rote Paprikaschote,
¼ l Sauerrahm,
Salz, Pfeffer,
2 EL Hühnerbrühe

Für die Füllung
2 mittelgroße Zwiebeln, fein gehackt,
1 EL Butter, 1 EL Sauerrahm,
1 TL Tomatenmark, 1 Msp Paprika,
etwas Wasser (wenn nötig)

Für das Omelett
3 Eier, 1 EL Butter für die Pfanne

Zuerst die Sauce zubereiten: Paprikaschote entkernen und in den gut heißen Backofen einschieben, damit sie sich leicht enthäuten läßt. Klein schneiden und mit Sauerrahm, Salz und Pfeffer im Mixer fein pürieren. Mit Hühnerbrühe verdünnen und die Sauce bei milder Hitze warm halten.
Zwiebeln mit 1 EL Butter goldgelb anbraten. Sauerrahm mit Tomatenmark und Paprika verrühren und dazugeben. Salzen, pfeffern und bei milder Hitze weich garen. Wenn nötig, etwas Wasser dazugeben.
Die Eier mit Salz und Pfeffer verquirlen und in 1 EL Butter zum Omelett backen. Mit Zwiebeln füllen, zusammenrollen und auf die vorgewärmte Platte gleiten lassen. Längs einschlitzen und mit Paprikasauce umranden.
Serviervorschlag: Duvečreis sowie Kartoffelbrei dazu reichen.

Baskisches Omelett
Piperade

1 EL Olivenöl,
2 kleine Schalotten, gehackt,
1 grüne Paprikaschote, entkernt und in Streifen geschnitten,
1 Knoblauchzehe, klein geschnitten,
1 Zweiglein Thymian,
1 Lorbeerblatt,
2 kleine Tomaten, gewürfelt und entkernt,
1 Msp scharfer Paprika,
Salz, Pfeffer, 1 EL Gänseschmalz,
1 Rezept deutsches Omelett aus 8 Eiern (Seite 66),
1 EL feingehackte Petersilie,
2 Scheiben roher Schinken, gehackt

Das Öl in der Kasserolle erhitzen und die Schalotten darin goldgelb anbraten. Paprikastreifen mit Knoblauch und Thymian sowie das Lorbeerblatt dazugeben und zugedeckt bei milder Hitze dünsten. Tomatenwürfel hinzusetzen, mit Paprika, Salz und Pfeffer würzen und im offenen Topf bei milder Hitze so lange weitergaren, bis die Masse dicklich wird. Thymian und Lorbeer entfernen.
Das Schmalz in der Pfanne erhitzen. Die Eier nach Grundrezept mit Milch, Salz und Pfeffer verquirlen. Gemüse, Petersilie und Schinken damit vermengen und den Teig auf einmal in die Pfanne gießen. Bei mäßiger Hitze backen. Das Omelett wie einen Pfannkuchen umdrehen und bei milder Hitze fertigbacken oder kurz in den Backofen schieben. Auf eine vorgewärmte Platte gleiten lassen und sofort servieren.
Serviervorschlag: Dazu einen knackigen Salat reichen.

Abwandlung
Das Omelett schmeckt auch kalt ausgezeichnet. In diesem Fall das Gänseschmalz durch Olivenöl ersetzen.

Indisches Curryomelett mit Bananen

1 Banane, 2 EL Öl, 1 TL Senf,
4 Eier, 1 TL Currypulver

Die Banane in Scheiben schneiden, in 1 EL heißem Öl kurz anbraten und mit Senf in der Pfanne vermischen. Die Eier mit dem Currypulver und dem restlichen Öl verrühren und über die Banane verteilen. Das Omelett bei mäßiger Hitze unter häufigem Rütteln fertigbacken.
Serviervorschlag: Zu Schinken oder Salat servieren.

Chinesisches Omelett
Für 2 Personen

Für die Füllung
1 EL Sojasprossen (aus der Dose),
1 EL Bambussprossen (aus der Dose), in Streifen geschnitten,
2–3 Pilze, gehackt (frisch oder aus der Tüte),
2 EL gekochte Garnelen (aus der Dose), 1 EL Öl, 1 EL Sojasauce,
1 Msp scharfes Paprikapulver,
1 Sternanis, 1 El Zitronensaft

Für das Omelett
4 Eier, 1 EL Sojasauce,
1 EL feingehackte Petersilie,
1 EL Sherry, 1 Msp Glutamat, 1 EL Öl

Das Gemüse und die Garnelen abtropfen lassen. Öl mit Sojasauce, Paprika und Sternanis in einer Kasserolle erhitzen und etwas einkochen lassen. Das Gemüse mit Zitronensaft beträufeln und mit den Garnelen hineingeben. Bei milder Hitze erwärmen.
Eier mit Sojasauce, Petersilie, Sherry und Glutamat verquirlen, in das heiße Öl geben und zum Omelett backen. Das Gemüse darauf verteilen. Das Omelett zusammenrollen und auftragen.
Serviervorschlag: Mit etwas Sojasauce beträufeln.

Sauerampfer-Spinat-Omelett

Foto

Für 2 Personen

100 g Sauerampfer, 100 g Blattspinat,
3 EL Butter,
Salz, Pfeffer,
1 EL Crème fraîche,
4 Eier, 1 EL Milch

Sauerampfer und Spinat waschen, entstielen und grob hacken. 1 El Butter in der Pfanne erhitzen, Sauerampfer und Spinat darin andünsten, so daß das Wasser verdampft. Salzen, pfeffern, mit Crème fraîche verfeinern und warm halten.
Die Eier mit Milch, Salz und Pfeffer verquirlen und daraus mit je 1 EL heißer Butter 2 Omeletts backen. Die Gemüsemasse auf die Mitte der Omeletts verteilen, die Seiten darüberklappen und gleich auf die vorgewärmten Teller gleiten lassen.
Serviervorschlag: Nach Geschmack mit gebackenen Tomaten oder mit süßer Sahne übergießen. Toastbrot dazu reichen.

Spargelomelett

Foto

Für 2 Personen

250 g grüner Spargel, Salz,
3 Eier, Pfeffer, 1 EL Butter,
½ Rezept Sauce hollandaise
(Seite 92), 1 TL feingehackter Kerbel

Spargelstangen in etwas Salzwasser garen und warm halten (Spargelwasser aufheben!).

Eier mit Salz und Pfeffer verquirlen, in die Pfanne gießen und in der Butter zu einem lockeren Omelett backen. Den Spargel darauf verteilen und das Omelett zusammenklappen. Auf die vorgewärmte Platte gleiten lassen. Nach Geschmack mit Sauce hollandaise umranden und mit Kerbel bestreuen. Eine köstliche Vorspeise.

Serviervorschlag: Geriebenen Käse auf das Omelett streuen.

Hirten-Doppelomelett mit Paprika

3 Paprikaschoten, 2 EL Öl,
1 Knoblauchzehe, klein gehackt,
1 Zweiglein Estragon, Salz, Pfeffer,
8 Eier, 4 EL Butter, 1 EL Sauerrahm,
50 g Schafkäse, zerbröckelt,
1 Msp süßes Paprikapulver

Die Paprikaschoten entkernen, in sehr feine Streifen schneiden und im heißen Öl gut anbraten. Knoblauchzehe und Estragon dazugeben, salzen, pfeffern und bei milder Hitze garen.
Aus den mit Salz und Pfeffer verquirlten Eiern in jeweils 1 EL Butter 2 Omeletts backen.
Das Gemüse mit dem Sauerrahm und dem zerbröckelten Käse vermischen. Nach Bedarf mit etwas Salz und Pfeffer abschmecken und leicht mit Paprikapulver bestäuben. Das erste Omelett mit Paprikagemüse belegen (ein paar Paprikastreifen für die Verzierung aufheben!) und mit dem zweiten bedekken. Mit der restlichen Butter bestreichen, mit Paprikastreifen verzieren und servieren.
Serviervorschlag: Dazu schmeckt eine würzige Tomatensauce (Seite 93).

Doppelomelett mit Kräutersellerie

3 EL Crème fraîche, 1 Eigelb,
200 g Sellerie, gekocht und
grob püriert, Salz, Pfeffer,
8 Eier, 2 EL feingewiegte Kräuter,
3 EL Milch, 3 EL Butter,
2 EL geriebener Parmesan

Crème fraîche erhitzen, mit Eigelb verrühren und leicht einkochen lassen. Sellerie damit vermengen, salzen, pfeffern und warm halten.
Eier mit Kräutern, Milch, Salz und Pfeffer verquirlen und daraus in jeweils 1 EL heißer Butter 2 gleiche, lockere Omeletts backen. Das erste Omelett auf eine feuerfeste Platte gleiten lassen und mit dem Selleriepüree bestreichen. Das zweite darauflegen und mit Käse bestreuen. Die restliche Butter zerlassen und darübergießen. Bei 200–220 °C im Ofen kurz überbacken und sofort servieren.
Serviervorschlag: Wer es deftig mag, reicht dazu geräucherte Wurst oder Schinken.

Abwandlung
Statt Sellerie frische Erbsen, Brokkoli oder Blumenkohl nehmen.

Doppelomelett mit Käse-Sahne

1 Zwiebel, klein gehackt,
4 EL Butter, 2 EL geräucherter
Schinken, klein geschnitten,
1 EL feingehackte Petersilie,
8 Eier, Salz, Pfeffer,
100 g geriebener Emmentaler,
3 EL Crème fraîche

Die Zwiebel in 1 EL Butter goldgelb anbraten, den Schinken dazugeben, leicht anrösten und mit Petersilie bestreuen. Die Eier mit Salz und Pfeffer verquirlen und daraus in je 1 EL Butter 2 große Omeletts backen. Emmentaler und Crème fraîche gut verrühren.

Das erste Omelett mit der Käse-Sahne-Mischung bestreichen, mit der Zwiebel-Schinken-Mischung bestreuen und mit dem zweiten Omelett bedekken. Die restliche Butter daraufstreichen und das Doppelomelett bei 200 °C kurz in den Backofen schieben.
Serviervorschlag: Eine leichte Fleischsauce und gedünstetes Gemüse dazu reichen.

Abwandlung
Statt Schinken Champignons oder gedünstetes Gemüse in die Füllung geben.

Zartes Lachsomelett

4–8 hauchdünne Lachsscheiben, in Streifen geschnitten,
3 EL Olivenöl, 1 Lorbeerblatt,
Saft von 1 Zitrone,
Salz, Pfeffer,
1 TL Rosenpaprika,
1 mittelgroße Zwiebel,
2 Knoblauchzehen,
8 Eier, getrennt,
1 EL feingehackte Petersilie

Die Lachsstreifen in eine flache Schüssel geben. Mit 1 EL Öl beträufeln, das Lorbeerblatt darüberlegen und den Zitronensaft darübergießen. Leicht salzen, mit Paprika bestreuen und mindestens 1 Stunde ziehen lassen.
Zwiebel und Knoblauchzehen klein schneiden und in 1 EL Öl goldgelb braten. Lachsstreifen dazugeben und ebenfalls anbraten.
Das Eiweiß steif schlagen und mit dem leicht geschlagenen Eigelb, Salz, Pfeffer und Petersilie vermischen. Das restliche Öl in einer anderen Pfanne erhitzen, die Lachsmischung hineingeben und mit der Eiermasse übergießen. Bei mäßiger Hitze backen und dabei an der Pfanne rütteln. Das Omelett wenden, die andere Seite fertigbacken und sofort servieren.

Miesmuschelomelett
Für 2 Personen

250 g frische Muscheln,
8 EL Crème fraîche,
3 EL Weißwein, 4 Eier,
Salz, Pfeffer,
2 EL Butter,
1 EL feingehackter Schnittlauch

Die Muscheln säubern, in einer Pfanne bei starker Hitze sich öffnen lassen und aus den Schalen nehmen. Die herausgeflossene Flüssigkeit durch ein Sieb gießen und beiseite stellen. Die Muscheln mit einem Teil der Flüssigkeit bedecken und warm halten. Crème fraîche mit Wein und 2 EL Muschelsud einkochen lassen.
Eier mit Salz, Pfeffer und 1 EL zerlassener Butter verquirlen. Restliche Butter in der Pfanne erhitzen, Eiermasse hineingießen und zu einem lockeren Omelett backen. Die Muscheln in der Sauce kurz aufwärmen (nicht kochen!) und drei Viertel davon auf das Omelett verteilen. Zusammenrollen und auf die vorgewärmte Platte gleiten lassen. Mit den restlichen Miesmuscheln garnieren und mit Schnittlauch bestreuen.
Serviervorschlag: Heiß servieren oder kalt zum Picknick mitnehmen.

Omeletts

Omelett mit Mischpilzen

Foto

Für 2 Personen

Je 50 g Pfifferlinge und Champignons, 2 EL Butter, 1 TL Sauerrahm, Salz, Pfeffer, 1 TL feingehackte Petersilie, 1 TL gehacktes Basilikum, 3 Eier

Pilze putzen, 2 große zurückbehalten und in Scheiben schneiden, die anderen fein hacken. 1 EL Butter in der Pfanne schaumig werden lassen, die Pilze bei mäßiger Hitze gar dünsten. Mit Sauerrahm binden, salzen, pfeffern, mit den Kräutern bestreuen.
Die Eier mit Salz und Pfeffer verquirlen und darübergießen. Das lockere Omelett mit den kleingehackten Pilzen füllen, zusammenklappen und mit den Pilzscheiben belegen. Auf die vorgewärmte Platte gleiten lassen, den Bratenfond der Pilze um das Omelett verteilen und gleich zu Tisch bringen.

Anchovisomelett

Für 2 Personen

6 Anchovisfilets (eingelegt), 3 Eier, Pfeffer, 1 EL Butter

Die Anchovisfilets mit Küchenpapier leicht abreiben, 2 davon ganz klein hacken und mit Eiern und Pfeffer verquirlen. Die Butter in der Pfanne erhitzen und die Eiermasse hineingeben. Das fertige Omelett zusammenklappen und mit den übrigen Anchovisfilets garnieren. Auf die vorgewärmte Platte gleiten lassen, gleich servieren.

Bauernfrühstück

2 EL gewürfelter Frühstücksspeck,
3 EL Butter, 8 Eier,
Salz, Pfeffer, 2 EL Milch,
8 dünne Scheiben Frühstücksspeck

Die Hälfte des gewürfelten Specks mit 1 EL Butter leicht anrösten. Die Eier mit Salz, Pfeffer und Milch verquirlen. Die Hälfte der Eiermasse über den Speck gießen und zum Omelett backen. Das fertige Omelett zusammengeklappt auf eine vorgewärmte Platte gleiten lassen und das zweite genauso backen. Die Speckscheiben in der restlichen Butter leicht erhitzen und auf die Omeletts verteilen. Sofort servieren.
Serviervorschlag: Kartoffel- oder Brokkolipüree dazu reichen. Nach Geschmack mit gerösteten Croûtons verzieren.

Grün-rote Omelettrolle

8 Eier,
2 EL Tomatenpüree,
Salz, Pfeffer,
3 EL Butter,
2 EL Spinat, gekocht und
klein gehackt,
75 g geriebener Käse

3 Eier mit Tomatenpüree, Salz und Pfeffer verquirlen und daraus in 1 EL heißer Butter ein kleines Omelett backen.
Die restlichen Eier mit Spinat, Salz und Pfeffer verquirlen und in 1 EL Butter ebenfalls zu einem Omelett backen. Das Spinatomelett mit zwei Drittel des geriebenen Käses bestreuen und das Tomatenomelett darübergeben. Beide Omeletts fest zusammenrollen, mit dem restlichen Käse bestreuen, mit Butterflöckchen belegen und kurz unter den Grill schieben.
Serviervorschlag: In Scheiben schneiden und Béchamelsauce (Seite 93), mit Pilzen oder Garnelen angereichert, dazu servieren.

Nußomelett
Für 2 Personen

1 EL Butter, 1 TL Öl, 3 Eier,
10 Walnüsse (oder 1 EL Mandeln,
Hasel- oder Erdnüsse), grob gehackt,
Salz, Pfeffer (oder 1 EL Zucker bei
süßen Varianten)

Die Butter mit dem Öl in der Pfanne schaumig werden lassen. Die Eier mit den Nüssen, Salz und Pfeffer (oder Zucker) verquirlen und in die Pfanne gießen. Nach 1 Minute das Omelett wenden und auf der anderen Seite fertigbacken. Zusammenklappen und auf die vorgewärmte Platte gleiten lassen.
Serviervorschlag: Das Omelett mit etwas Butter bestreichen und frischen Salat dazu reichen. Wird das Omelett süß gegessen, bestreut man es mit Puderzucker und gibt leicht erwärmtes Apfel- oder Pflaumenmus dazu.

Tip
Das Fett nur vorsichtig erhitzen und das Omelett bei mäßiger Hitze backen, damit die Nüsse nicht verkohlen.

Kartoffelomelett Försterin

1 große Pellkartoffel, gekocht,
1 EL Butter,
1 Schalotte, klein gehackt,
3 Eier,
1 Prise Thymian, Salz, Pfeffer

Die am Vortag gekochte Kartoffel schälen und in Scheiben schneiden. Butter in der Pfanne erhitzen, Schalotte darin glasig dünsten, Kartoffelscheiben dazugeben und goldgelb braten. Eier mit Thymian, Salz und Pfeffer schlagen und über die Kartoffeln in die Pfanne gießen. Das Omelett mit der Gabel mehrmals einstechen und bei starker Hitze backen. Das fertige Omelett auf die vorgewärmte Platte gleiten lassen.
Serviervorschlag: Mit knackigem Salat und gerösteten Speckwürfeln servieren.

Abwandlung

Speckwürfel oder kleingeschnittene Pilze zu den Kartoffeln geben.

Schweizer Kartoffelomelett

Für 2 Personen

1 große Kartoffel, 2 EL Butter,
3 Eier, Salz, Pfeffer,
2 EL Crème fraîche,
2 EL geriebener Emmentaler

Die Kartoffel schälen, fein reiben und mit der Butter in einer Pfanne rösten. Die Eier mit Salz, Pfeffer und Crème fraîche verquirlen und ebenfalls in die Pfanne gießen. An der Pfanne rütteln, damit sich das Omelett etwas von Rand und Boden löst. Nach 1 Minute wenden. Mit geriebenem Käse bestreuen, zusammenklappen, auf die vorgewärmte Platte gleiten lassen.
Serviervorschlag: Dazu frischen, knackigen Salat servieren.

Spanisches Kartoffelomelett

Tortilla à la magra

200 g Schweinelende,
in Würfel geschnitten,
1 Gläschen trockener Sherry,
3 Kartoffeln, 4 EL Olivenöl,
1 Zwiebel, klein gehackt,
8 Eier, Salz, Pfeffer

Die Fleischwürfel in einer Schüssel mit Sherry übergießen und ziehen lassen. Währenddessen die Kartoffeln schälen, in dünne Scheiben schneiden und in 2 EL heißem Öl kurz anbraten. Zwiebelwürfel dazugeben und, sobald sie Farbe annehmen, die Hitze verringern. Die Kartoffeln unter häufigem Wenden weich garen. Die Eier mit Salz und Pfeffer verquirlen und über die gerösteten Kartoffeln gießen. An der Pfanne gut rütteln, dann das Omelett wenden und fertigbacken.
Die Fleischstückchen abtrocknen, im restlichen heißen Öl scharf anbraten, dann aber bei milder Hitze fertig garen, damit das Fleisch zart bleibt. Über das Omelett verteilen, pfeffern und gleich servieren. Dieses Omelett ergibt eine vollständige Mahlzeit!

Reisomelett mit Zucchini und Schinken

Foto

Für 2 Personen

1 Zucchini, in Scheiben geschnitten,
1 kleine Zwiebel, gehackt,
1 Knoblauchzehe, gehackt,
1 EL Olivenöl, 100 g gekochter Schinken, in Würfel geschnitten,
1 EL Sahne, Salz, Pfeffer, 3 Eier,
4 EL gekochter Reis, 1 EL Butter,
2 EL gewiegter Schnittlauch

Zucchinischeiben mit Zwiebel und Knoblauch kurz im Olivenöl anbraten, dann bei milder Hitze weich dünsten. Schinken und Sahne daruntermischen, vorsichtig salzen und pfeffern. Eier mit Reis, Salz und Pfeffer verquirlen und in der heißen Butter zum Omelett backen. Wenn die Oberfläche noch weich ist, Zucchini-Schinken-Mischung darüber verteilen. Das Omelett zusammenfalten, auf die vorgewärmte Platte gleiten lassen und mit Schnittlauch bestreuen.

Süße Saucen

Die angegebenen Mengen reichen für 4 Personen.

Erdbeersauce

50 g Zucker, 4 EL Wasser,
Schale von ½ Orange,
300 g Erdbeeren, 1 EL Likör

Den Zucker im Wasser lösen, mit der Orangenschale zu Sirup kochen und abkühlen lassen. Die Orangenschale herausnehmen. Die Früchte zermusen, passieren und mit dem Sirup zur Sauce rühren. Mit Likör verfeinern.
Serviervorschlag: Ausgezeichnet zu mit Eis gefüllten Crêpebeuteln oder zu süßen Omeletts.

Aprikosensauce

⅛ l süßer Weißwein,
4 EL Zucker,
250 g Aprikosen, gewaschen, entsteint und halbiert,
1 EL Zitronensaft, 1 Prise Pfeffer,
2 EL Cointreau, 1 EL Cognac

Wein mit Zucker zu Sirup kochen. Aprikosen hineingeben und bei mäßiger Hitze weich garen. Die Früchte im Mixer pürieren und die Sauce mit Zitronensaft, Pfeffer, Cointreau und Cognac verfeinern.
Serviervorschlag: Zu einfachen süßen Omeletts, Palatschinken oder Crêpes reichen.

Abwandlung
Auf diese Weise kann man auch Pfirsich- oder Mangosauce zubereiten.

Orangensauce

Saft von 3 süßen Orangen,
Saft von 1 Zitrone,
4 EL Zucker,
Schale von ½ Orange, sehr klein geschnitten und blanchiert,
1 TL Speisestärke, mit 2 EL Wasser angerührt,
2 EL süße Sahne,
1 EL Cointreau

Orangen- und Zitronensaft mit dem Zucker und der Orangenschale zum Kochen bringen. Die verrührte Speisestärke hineingeben, kurz aufkochen und eindicken lassen. Vom Feuer nehmen und mit Sahne und Cointreau aromatisieren.
Serviervorschlag: Diese Orangensauce schmeckt zu allen süßen Crêpes und Omeletts. Omeletts direkt auf dem Teller mit Sauce umranden. Gebutterte Crêpes auf Achtel zusammenfalten und in der mit Sauce gefüllten Flambierpfanne erwärmen. Gut mit Sauce tränken und nach Geschmack mit brennendem Cognac übergießen.

Süße Apfelsauce

1 EL Butter,
4 kleinere, säuerliche Äpfel, geschält und gewürfelt,
3 Zitronenscheiben, klein geschnitten, ⅛–¼ l Wasser,
50 g Korinthen,
1–2 EL Honig (nach Geschmack)

Die Butter im Topf schmelzen lassen, die Äpfel mit den Zitronenstückchen hineingeben und, knapp mit Wasser bedeckt, weich dünsten. Die Früchte durch ein Sieb streichen, die Korinthen mit dem Honig dazugeben und die Sauce bei milder Hitze etwas einkochen lassen.
Serviervorschlag: Paßt zu einfachen Zuckerpfannkuchen oder zu allen mit Rum flambierten Pfannkuchen.

Rohe Himbeersauce

Foto Seite 90

Coulis de framboises

300 g frische Himbeeren, verlesen und gewaschen,
50 g Puderzucker,
1 EL Himbeersirup,
1 EL Zitronensaft,
2 EL Himbeergeist

Die Beeren pürieren, passieren und anschließend im Mixer mit dem Puderzucker und dem Sirup verrühren. Mit Zitronensaft und Himbeergeist verfeinern und in die Sauciere gießen.
Serviervorschlag: Eine schöne Verfeinerung für ungefüllte Omeletts.

Vanille-Sahne-Sauce

¼ l süße Sahne,
½ Vanilleschote, längs aufgeschlitzt,
1 Msp Salz, 5 Eigelb, 50 g Zucker

Sahne mit Vanilleschote und Salz kurz zum Kochen bringen und ziehen lassen. Eigelb mit Zucker in einem Kochtopf schaumig schlagen. Die noch warme Sahne langsam darübergießen

und bei milder Hitze (oder im Wasserbad) so lange schlagen, bis die Masse dicklich wird. Den Topf auf Eis setzen und die Sauce kalt schlagen. Bis zum Servieren kalt stellen.
Serviervorschlag: Zu allen süßen Eierkuchen mit Fruchtfüllung geeignet.

Abwandlung
Die Sauce mit Krokant, Schokolade, Nougat, Zimt, Ingwer oder Likör verfeinern.

Honigsauce

Foto Seite 90

100 g Honig, 2 EL Zitronensaft,
2 kandierte Ingwerpflaumen, in ganz feine Scheiben geschnitten,
3 EL süße Sahne

Den Honig bei milder Hitze schmelzen lassen. Von der Platte nehmen und mit den übrigen Zutaten vermischen. Die Sauce bei mildester Hitze etwa 10 Minuten ziehen lassen.
Serviervorschlag: Ideale Verfeinerung von allen süßen Pfannkuchen und Omeletts.

Abwandlung
Statt des Ingwers Zimt, Nelken oder Kardamom in die Sauce geben.

Schokoladensauce

Foto Seite 90

¼ l süße Sahne,
30 g Zucker, 1 Päckchen Vanillezucker, 1 Msp Zimt, 125 g Block- oder Bitterschokolade, gebrochen

Die Sahne (bis auf 2 EL) mit Zucker, Vanillezucker und Zimt zum Kochen bringen. Die zerbröckelte Schokolade mit den übrigen 2 EL Sahne im Wasserbad schmelzen lassen. Die Sahnemischung langsam dazugeben und die Sauce glatt rühren, bis sie die gewünschte Konsistenz erreicht.
Serviervorschlag: Zu Birnen-, Aprikosen-, Pfirsich- oder Orangenpfannkuchen und -crêpes reichen.

Abwandlung
Mit etwas Kaffee- oder Orangenlikör, Rum, Ingwer oder Kokosraspeln verfeinern.

Geeiste Sahnesauce

Raffinierter Kontrast zwischen warm und kalt!

2 Kugeln Vanilleeis, erweicht,
¼ l süße Sahne, 2 EL Puderzucker

Das erweichte Eis mit ⅛ l Sahne verrühren. Die restliche Sahne mit Puderzucker steif schlagen, unter die Eissahne mischen und sofort servieren.

Abwandlung
Die ganze Sahne steif schlagen. Den Puderzucker mit einer Messerspitze Vanillepulver und 1–2 EL saurer Sahne verrühren und unter die Schlagsahne mischen. Zuletzt das erweichte Eis vorsichtig unterheben.

Saucen

Honigsauce

Vanillecreme

Foto

½ l Milch, 1 Stück Zitronenschale, ½ Vanilleschote, längs aufgeschlitzt, 4 Eigelb, 70 g Zucker, 1 EL Mehl, 1 Ei, 1 TL Butter, 1–2 EL Likör oder Obstgeist nach Geschmack

Die Milch mit der Zitronenschale und der Vanilleschote zum Kochen bringen, von der Platte nehmen und ziehen lassen. Die Eigelbe mit dem Zukker schaumig schlagen. Das Mehl und anschließend das ganze Ei vorsichtig daruntermischen. Die Milch filtern und die Eigelbmasse langsam damit verdünnen. Die Creme in einen kleinen Topf gießen, bei mäßiger Hitze unter ständigem Rühren kurz zum Kochen bringen und eindicken lassen (Vorsicht: Die Creme brennt leicht an!). Zum Schluß die Butter mit dem Likör oder Obstgeist darunterrühren.
Serviervorschlag: Mit dieser Creme lassen sich alle süßen Pfannkuchen und Omeletts füllen.

Abwandlung

Hier können Sie Ihrer Phantasie freien Lauf lassen, indem Sie die verschiedensten Liköre oder immer neue Würzzutaten (Mandeln, Nüsse, frisches Obst, Rosinen, Kokosraspeln usw.) hinzufügen.

Salzige Saucen

Zwiebelsauce

1 EL Öl, 1 Scheibe Speck, klein geschnitten,
200 g Zwiebeln, klein geschnitten,
1 EL Mehl, ½ l Weißwein,
Salz, Pfeffer, Rosmarin, Cayennepfeffer,
1 EL weißer Portwein,
1–2 EL süße Sahne

Das Öl in einem großen Topf erhitzen, den Speck darin anbraten, die Zwiebeln hinzufügen und leicht anbräunen. Mit Mehl bestäuben und mit Wein löschen. Salzen, pfeffern und dann mit Rosmarin und Cayenne würzen. Die Sauce bei starker Hitze kochen, im Mixer pürieren, durch das Sieb streichen und wieder in den Topf geben. Mit Portwein und Sahne verfeinern und kurz einkochen lassen.
Serviervorschlag: Heiß zu Bohnen- oder Buchweizenpfannkuchen servieren.

Sauce hollandaise
Holländische Sauce

2 EL Weißwein, 1 EL Zitronensaft,
1 Msp Zucker, Salz, Pfeffer,
3 Eigelb, 100 g Butter, zerlassen

Den Wein mit Zitronensaft, Zucker, Salz und Pfeffer in einem kleinen Topf erhitzen. Von der Platte nehmen und die Eigelbe hineinschlagen. Die Masse im heißen Wasserbad zu einer sämigen Sauce schlagen (die Sauce darf nicht kochen!). Die Butter langsam hineinrühren. Wenn nötig, mit Salz und Pfeffer nachwürzen.
Serviervorschlag: Eine herrliche Sauce zu salzigen Pfannkuchen oder Kräuteromeletts.

Abwandlungen
Krabbensauce: 100 g Krabben (zum Teil zermust) mit 1 EL Dill in die Sauce geben.
Maltasauce: 4 EL Orangensaft, geriebene Schale von ¼ Orange und 2 EL Sahne in die Sauce einrühren.
Sahnesauce: 50 g Butter durch geschlagene süße Sahne ersetzen, mit Muskatnuß abschmecken.

Pilzsauce

2 Zwiebeln, klein gehackt,
1 EL Öl, 200 g Champignons,
1 Bund Petersilie, fein gehackt,
¼ l Geflügelbrühe, ¼ l Weißwein,
Salz, Pfeffer,
⅛ l Crème fraîche, mit 1 EL Mehl verrührt

Die Zwiebeln in heißem Öl anrösten, die Pilze zusammen mit der Petersilie dazugeben, mit Brühe und Wein übergießen und würzen. Den Topf zudekken und bei mäßiger Hitze garen. Die Pilze im Mixer pürieren, mit der angerührten Crème fraîche vermengen und unter Zugabe von etwas Kochflüssigkeit wieder erwärmen.
Serviervorschlag: Salzige Omeletts und Pfannkuchen mit der Sauce übergießen und gratinieren.

Béchamelsauce

50 g Butter,
50 g Mehl,
½ l Milch,
Muskatnuß,
Salz, Pfeffer

Die Butter schmelzen lassen, mit dem Mehl bei milder Hitze zu einer hellen Schwitze verrühren und mit der Milch langsam verdünnen. Kurz aufkochen lassen und bei milder Hitze unter ständigem Rühren zu einer cremigen Sauce eindicken lassen. Mit Muskat verfeinern, salzen und pfeffern.
Serviervorschlag: Zum Gratinieren und als Bestandteil von Füllungen.

Abwandlungen

▷ Da Béchamelsauce einen zarten Geschmack hat, läßt sie sich auch leicht mit den verschiedensten Küchenkräutern und Würzzutaten verfeinern.

Aurorasauce: 1 EL Tomatenmark in der Sauce verrühren.
Poulettesauce: Nach dem Aufkochen 2 Eigelb, 1 kleingehackte Gurke, 1 kleingehackte Zwiebel und 1 TL Senf in die Sauce geben.
Mornaysauce: Die Sauce aus ¼ l Milch und ¼ l Geflügelbrühe zubereiten und 70 g geriebenen Käse hineinrühren.
Sahnesauce: Statt ½ l Milch ¼ l süße Sahne und ¼ l Brühe oder Wein verwenden und 1 Eigelb dazugeben.

Italienische Tomatensauce

1 Zwiebel, klein geschnitten,
1 Schalotte, klein geschnitten,
1 Knoblauchzehe, klein geschnitten,
3 EL Olivenöl,
100 g Champignons, blättrig geschnitten,
500 g Tomaten, enthäutet und entkernt (oder 2 Dosen Pelati),
1 Lorbeerblatt,
1 Rosmarinzweig,
3 Basilikumblätter, klein gehackt,
Salz, Pfeffer,
375 ml herber Weißwein, 2 EL Butter,
50 g geriebener Parmesan

Zwiebel, Schalotte und Knoblauchzehe im Öl leicht anrösten, die Champignons, dann die Tomaten mit den Kräutern dazugeben, salzen, pfeffern und im offenen Topf bei milder Hitze unter Zugabe von Weißwein so lange garen, bis die Tomaten zerfallen und die Sauce dickflüssig wird. Lorbeerblatt und Rosmarinzweig entfernen. Zuletzt die kalte Butter unterziehen. Den Parmesan getrennt servieren.
Serviervorschlag: Zu Käse-, Schinken- und Kräuterpfannkuchen oder -omeletts servieren.

Abwandlung

Statt der Champignons Garnelen, Schinken- oder Paprikastreifen in die Sauce geben.

Register

Register